Pour qui vibre ce téléphone…

Carl Rodrigues

ISBN:978-2-9558032-1-9
N° Editeur: 978-2-9558032

À ma maman...

1. Adam

Le bonheur, sentiment étrange, difficile à expliquer, personnel et qui souvent ne tient qu'à un fil. Une fois obtenu, on pourrait se le représenter comme un petit oiseau tenu entre les mains. Si on le serre trop fort, on l'étouffe. Si l'on ouvre trop les doigts, il s'échappe. Adam était heureux. Son bonheur était là, devant lui, faisant la cuisine. Après toutes ces années, il ne se lassait toujours pas de ces gestes du quotidien, de la savoir là avec lui. Il ne souhaitait qu'une chose, rester auprès d'elle sa vie entière. Il repensa à une nouvelle qu'il avait entendue une semaine plus tôt. Deux octogénaires avaient réservé une chambre d'hôtel, y avaient passé une dernière nuit puis s'étaient donné la mort. On les avait retrouvés le lendemain, étendu l'un contre l'autre. La femme étant gravement malade, ils avaient décidé de partir ensemble. Adam y avait vu là la plus belle preuve d'amour qui soit.

Adam n'avait aimé qu'une seule personne et cette personne, c'était sa femme, Gaby. Ils s'étaient rencontrés à la Fac et depuis ils ne s'étaient plus quittés. Alors que la plupart des gens passent leur vie à rechercher l'âme sœur et que bien peu y parviennent. Lui, Adam l'avait trouvée sans même la chercher.

Ils s'étaient rencontrés et tout de suite le courant était passé. D'abord amis, puis un peu plus, finalement l'amitié fit place à l'amour. Le véritable amour, le plus pur qui soit. Ce ne fut donc pas le coup de foudre. Ils n'y croyaient pas, mais il existait entre eux un lien, une connexion qui les liait l'un à l'autre. Il leur suffisait de se regarder, de se sourire, sans dire un mot, ils savaient ce que pensait l'autre. Pour leurs amis, cela s'apparentait plus à de la magie qu'à de la complicité et beaucoup les regardaient avec envie.

« Pourquoi n'est-on pas comme eux ? » C'était la phrase qui revenait le plus souvent. Ils personnalisaient à eux deux le : « Fait l'un pour l'autre ».

À la fin de la fac, ils emménagèrent ensemble et se marièrent quelques mois plus tard. Pourquoi attendre, quand cela va de soi. Ils étaient faits pour être ensemble, il n'y avait aucun doute. Ils terminèrent leurs études : d'ingénierie mécanique pour Adam et de médecine pour Gaby et eurent deux enfants. Un garçon Billy, 6 ans et une petite fille Amanda, 4 ans, cette dernière était une copie miniature de sa maman. À eux quatre, ils formaient une famille heureuse et unie.

Adam et Gaby vivaient un véritable conte de fées. C'était comme un ciel sans nuages, sans jamais de disputes ni de reproches.

Leurs enfants s'épanouissaient dans cet environnement familial et ils étaient adorables.

Tout allait pour le mieux, dans le meilleur des mondes. Pourtant bien des fois, Adam s'était posé cette question : « Ce destin si favorable n'avait-il pas un revers ? Faudra-t-il un jour payer pour tout ce bonheur ? » Et puis vint ce funeste soir de mars où toute sa vie et celle de sa famille basculèrent. C'était comme si, Dieu lui-même s'était penché sur eux, avait trouvé qu'une si belle entente ne pouvait exister et décidé qu'elle ne devait pas perdurer.

Gaby, comme tous les soirs après son travail à l'hôpital, attendait son bus avec deux autres personnes. Elle était assise sur le banc de l'abri Bus. À sa gauche une femme hispanique de 50 ans et à l'extérieur un homme d'une quarantaine d'années accoudé au montant. Quand un chauffard ivre perdit le contrôle de son véhicule. Un gros 4 × 4 qui percuta l'arrêt de Bus du côté où était située Gaby et il emporta tout sur son passage. La conséquence des actes de ce chauffard inconscient : trois vies marquées à jamais, un blessé léger, l'homme de 40 ans, un blessé grave, la dame hispanique et un mort… Gaby.

Que dire de ce jeune chauffard de vingt ans, fils de bonne famille qui sortait ivre d'une boîte de nuit et qui ne porta même pas assistance. Au contraire, il prit la fuite, laissant les victimes à leur triste sort. Il s'empressa même, dès le lendemain de déclarer le vol de sa voiture. Une erreur de plus, qui allait lui coûter cher. Car une fois au poste de police, il fut reconnu d'après le portrait-robot fait par les témoins du drame. Lors de son interrogatoire, il passa rapidement aux aveux. Une vie de plus gâchée, son inconscience allait bouleverser la vie de quatre familles et de leurs proches.

Ce même mercredi soir de mars, fou d'angoisse, ne voyant pas sa femme rentrer, Adam alla ouvrir la porte à deux policiers. En apercevant leurs regards sombres, il comprit que quelque chose de tragique était arrivé. Que dire ensuite, quand sa fille accourut pour lui demander : « Elle arrive quand maman ? ». Il s'agenouilla auprès d'elle, la serrant fort contre lui, se répétant : « Ne pleure pas, ne craque pas, soit fort pour eux »

Depuis ce jour néfaste, chaque jour passé, voyait le moral d'Adam descendre inexorablement. Il était devenu deux personnes. Celle de la journée essayait de donner le change vis-à-vis de ses enfants, de sa famille, des autres. Et celle de la nuit, où tout seul dans sa chambre, il broyait du noir, se remémorant les bons moments. Gaby lui manquait terriblement, elle était tellement importante dans sa vie que son départ avait provoqué un vide immense. Ce vide l'envahissait chaque soir. Il avait eu de la chance de rencontrer son âme sœur. Maintenant que lui restait-il ? Une vie entière sans elle. Se remémorant l'histoire du vieux couple, il pensa à la rejoindre, mais il y avait ses enfants. À la pensée, qu'Elle ne les verrait jamais grandir ni se marier, son cœur se serra. Ils étaient sa bouée de sauvetage qui le maintenait à flot. Elle allait manquer tant de choses et lui n'était pas sûr d'être à la hauteur de la tâche.

Cela faisait maintenant quatre mois, jour pour jour, qu'Elle était morte, et c'était toujours aussi difficile pour Adam. Pourtant, ne dit-on pas qu'avec le temps tout passe…

Le voilà donc allongé sur son lit, comme chaque nuit, regardant la télévision sans vraiment y faire attention. Les enfants couchés, la tristesse l'envahissait à nouveau. Une larme coula le long de sa joue. Il l'essuya du revers de la main et prit le téléphone sur la table de chevet de l'autre côté du lit, celui de sa femme. Au début, Adam appelait afin d'entendre sa voix sur le répondeur, puis le numéro passa en non attribué et il arrêta. Depuis il écoutait sa musique, ses playlists, tout ce qu'elle avait enregistré et regardait, encore et encore les messages et les photos. C'était la seule chose qui le calmait un peu. Il avait l'impression de la toucher quand il tenait son appareil, car elle le portait sans arrêt. Mais en cette date si particulière, cela ne fonctionnait pas.

Adam reposa le téléphone et se décida à prendre le sien et sélectionna Gaby dans les messages. Il se mit à lire les derniers messages qu'il lui avait envoyés ce soir-là. Il lui en avait écrit des dizaines tous sans réponse. Machinalement, sans vraiment y prêter attention, il en écrivit un.

2. 11 juillet.

Adam : < 21:58 > Tu me manques tellement…

La douleur était si forte en cette soirée, qu'il appuya sur « Envoyer » sans vraiment s'en rendre compte. Puis quand il s'en aperçut. Il pleura toutes les larmes de son corps et quand il n'eut plus de larmes, il finit par s'endormir à bout de forces.

3. Premier contact

Toc, toc.

Adam ouvrit un œil : la LED de notification de son téléphone clignotait.

Adam saisit son téléphone.

Gaby : < 22:58 > Toi aussi tu me manques.

Adam ne savait pas, s'il dormait encore ou s'il était éveillé. Il se dit qu'il devait dormir, forcément. Cela ne pouvait être qu'un rêve et si cela en était un, pourvu qu'il ne se réveille jamais.

Adam : < 21:59 > Je ne sais pas si je rêve, mais qu'importe… C'est toi ?

Gaby, c'est vraiment toi ?

En même temps cela ne peut pas. Tu nous manques à moi et aux enfants. Si tu savais…

Le silence envahit à nouveau la pièce… de longues, longues minutes sans rien…

Et enfin la délivrance « Toc, toc »

Gaby : < 22:14 > Repose-toi un peu. Il est tard. Demain est un autre jour.

Adam : < 22:14 > Non, ne pars pas… Ne m'abandonne pas encore. Je t'en prie !

…

Adam : < 22:24 > Réponds-moi… Je ne suis pas croyant, mais si tu es un ange, je veux bien l'être. Ne me laisse pas.

…

Adam : < 22:30 > Reviens mon ange, ne pars pas…
Gaby, sans toi, je ne puis être moi.

4. 12 juillet.

Adam < 21:06 > Bonsoir.

Adam < 21:07 > Tu es là ?

Adam < 21:09 > Je crois que je deviens fou.

…

Gaby < 21:16 > Oui je suis là.

Gaby < 21:16 > Bonsoir. Et non je ne suis pas un ange.

Adam : < 21:17 > Je sais bien que ce n'est pas toi… mais j'ai envie d'y croire.

Adam : < 21:18 > Aujourd'hui, ta fille m'a demandé si elle te reverrait un jour.

…

Gaby : < 21 :20 > Que lui as-tu répondu ?

…

Adam : < 21 :30 > Je lui ai répondu que tu étais au ciel et que tu nous y attendais.

…

Gaby : < 21 :45 > Et toi comment vas-tu ?

Adam : < 21 :46 > Je vais bien… Il le faut.

…

Adam : < 21:55 > Pas si bien que ça. Mais je suis doué pour le cacher.

Gaby : < 21:56 > C'est déjà bien de l'admettre. Il n'y a personne à qui tu peux te confier ?

…

Adam : < 22:02 > Toi

…

Gaby : < 22:11 > Je ne te connais pas. Et tu ne sais rien de moi.

Adam : < 22:12 > Je sais que tu n'es pas elle, mais t'appeler Gaby et te parler me fait du bien. Cela ne te dérange pas ?

…

Gaby : < 22:28 > Comment dois-je t'appeler ?

Adam : < 22:29 > Adam.

…

Gaby : < 22:31 > Il est tard Adam et j'ai une rude journée demain. Bonne nuit.

Adam : < 22:32 > Merci et bonne nuit Gaby.

Adam : < 22:33 > À demain ?

…

Gaby : < 22:35 > À demain.

Carl Rodrigues

5. 13 juillet.

Adam : < 21:05 > Salut.

…

Gaby : < 21:10 > Bonsoir.

Adam : < 21:10 > J'avais peur que tu ne me répondes pas.

Gaby : < 21:11 > J'avais pourtant dit à demain.

Adam : < 21:11 > Oui c'est vrai.

Adam : < 21:12 > Mais tout cela me paraît tellement irréel.

Gaby : < 21:13 > Pourtant je suis bien réelle.

Adam : < 21:14 > Sans doute… Sans doute.

Gaby : < 21:15 > Comment ça va ce soir ?

Adam : < 21:15 > Bien… Bien mieux tu es là.

…

Gaby : < 21:17 > De quoi veux-tu qu'on parle ?

…

Adam : < 21:19 > De tout et de rien, je ne sais pas, du temps.

Gaby : < 21:20 > Non. C'est la discussion des gens qui n'ont rien à se dire et le temps est précieux alors ne le gâchons pas !

Adam : < 21:21 > C'est vrai ! Alors ne parlons jamais du temps.

…

Gaby : < 22:23 > Si tu nous trouvais un sujet pour demain.

…

Adam : < 22:25 > Et si je ne trouve rien ?

Gaby : < 22:25 > J'ai confiance. Tu trouveras.

Adam : < 22:26 > Mais il n'est pas tard. On peut encore discuter.

…

Gaby : < 22:28 > Bonne nuit Adam.

…

Adam : < 22:30 > Bonne nuit Gaby.

6. 14 juillet

Adam : < 21:00 > Bonsoir Gaby. Je n'en ai pas dormi de la nuit. Je sais bien que si je ne t'intéresse pas, je te perdrai. Mais quoi te dire ?

Je ne sais pas.

...

Adam : < 21:15 > Aide-moi !

...

Gaby : < 22:23 > Bonsoir Adam. Pourquoi ne pas commencer par me parler d'elle ?

...

Adam : < 22:25 > Je ne sais pas par quoi commencer.

Gaby : < 22:25 > Par le commencement.

Adam : < 22:26 > D'accord. Lors de notre premier message, cela faisait quatre mois, jour pour jour, qu'elle nous avait quittés. Tu comprends ? C'est encore sensible.

Gaby : < 22:26 > Je comprends. Si cela est trop difficile, parlons d'autre chose.

Adam : < 22:26 > Non.

…

Adam : < 22:29 > Très bien. Elle était assez grande et elle avait 32 ans.

Adam : < 22 :29 > Sa silhouette… plutôt fluette.

Adam : < 22:30 > Son visage… beau, harmonieux. Ses traits fins et ses petites fossettes allaient de pair avec ses yeux malicieux.

Adam : < 22 :31 > Brune, la plupart du temps avec des cheveux mi-longs qui lui tombaient juste sur les épaules. Il lui arrivait souvent de les nouer derrière la tête avec un crayon.

Adam : < 22:32 > De tempérament joyeux, le sourire souvent aux lèvres… Ses lèvres… charnues ne demandant qu'à être embrassées.

…

Gaby : < 22:36 > Vous vous êtes connus comment ?

Adam : < 22:36 > On s'est rencontrés à la fac.

…

Adam : < 22:38 > Elle était la coloc de la petite amie d'un ami à moi.

Gaby : < 22:38 > Coup de foudre ?

Adam : < 22:39 > Non. On a d'abord été amis, puis un peu plus. On s'est vraiment découvert avant de comprendre.

Gaby : < 22:40 > Qui a fait le premier pas ?

Adam : < 22:40 > Elle, évidemment, ça a toujours été elle la plus courageuse. Plus tard, elle m'avouera qu'elle désespérait de ne pas me voir faire le premier pas. Elle a même cru qu'elle n'était pas mon type alors que ce n'était pas ça du tout.

Gaby : < 22:41 > Et la véritable raison ?

…

Adam : < 22:45 > J'avais peur, j'étais terrorisé.

Gaby : < 22:45 > Pourquoi ?

…

Adam : < 22:49 > Parce qu'on était de bons amis et que cela pouvait mettre fin à notre amitié.

Gaby : < 22:50 > Je comprends. Et alors comment s'y est-elle prise ?

Adam : < 22:50 > Tu m'as l'air curieuse.

Gaby : < 22:50 > Évidemment !

Gaby : < 22:50 > Allez !

Adam : < 22:51 > C'est d'accord. Cela n'a pas été très romantique, en tout cas pas comme je me l'étais imaginé. On devait participer à la fête de fin d'année. Et nos amis se sont alors arrangés pour qu'on y aille tous ensemble. L'idée, c'était que je sois son cavalier pour la soirée.

Gaby : < 22:52 > Je suppose que tes amis avaient une idée derrière la tête.

Adam : < 22:53 > Je pense, en effet qu'ils s'étaient rendu compte qu'on était compatible. Et puis sortir avec un autre couple ne les dérangerait pas, au contraire.

Gaby : < 22:54 > C'est plus facile en effet. Et d'être son cavalier ne te stressait pas trop ?

Adam : < 22:55 > Je n'en menais pas large, même si je savais que c'était pour de faux. Lorsqu'on s'est retrouvé, on aurait dit deux adolescents : aucun des deux n'osait dire un mot, alors que d'habitude on était de vraies pipelettes et cela faisait bien rire nos amis.

Gaby : < 22:56 > J'imagine bien la scène.

Adam : < 22:57 > Je crois bien n'avoir jamais été aussi nerveux de ma vie. La semaine précédant la soirée a été une des plus longues de ma vie. C'est simple, j'ai failli en être malade et ne pas assister à la soirée ! Rien que de savoir que nous allions danser ensemble me paralysait.

Gaby : < 22:58 > Ça n'a pas dû être facile, en effet ! Et elle, elle se comportait comment ?

Adam : < 22:59 > Elle était d'un calme olympien et ne laissait rien paraître. Cela avait le don de me mettre encore plus mal à l'aise.

Gaby : < 23:00 > On peut dire qu'elle cachait bien son jeu.

Adam : < 23:01 > Je ne savais pas quoi pensé. Avait-elle dit oui pour me faire plaisir ? Ou bien parce qu'elle en avait envie ? Elle était jolie et très courtisée et elle avait le choix des cavaliers et pourtant c'est moi qui l'accompagnais.

Gaby : < 23:02 > Tu sais Adam, les femmes sont différentes des hommes. Quand elles veulent quelque chose, elles emploient tous les moyens pour l'obtenir.

…

Adam : < 23:05 > Sûrement, mais nous étions amis. Je pense que tous les deux on redoutait de passer à autre chose. Et si l'autre ne ressentait pas la même chose, tout serait fichu.

Gaby : < 23:06 > C'est certain qu'en cas d'échec cela signerait aussi la fin de votre amitié.

Adam : < 23:07 > Oui et cela, je n'aurais pas pu le supporter, sans doute elle non plus.

…

Gaby : < 23:09 > C'est très touchant en tout cas. Je suis heureuse que tu te confies à moi.

Adam : < 23:10 > C'est très étrange, en effet. Cela fait des mois que je garde tout pour moi et avec toi… Je ne sais pas… Sûrement le fait de ne pas te connaître.

Gaby : < 23:11 > À ce propos Adam, j'ai bien peur que si nous devions continuer à communiquer, nous ne devions instaurer quelques règles.

Adam : < 23:12 > Je ne comprends pas. Quels genres de règles ?

Gaby : < 23:13 > Tout d'abord, souhaites-tu qu'on continue à se parler ?

Adam : < 23:14 > Évidemment que je veux que l'on continue ! Vous me poussez à me confier, et là je ne comprends plus… Vous ne voulez plus poursuivre nos conversations ?

…

Gaby : < 23:16 > Bien sûr que si Adam, mais j'ai des conditions. Et ces conditions ne seront pas négociables.

Adam : < 23:17 > Quelles sont-elles, ces conditions ?

…

Gaby : < 23:20 > Tout d'abord, nous communiquerons uniquement par messages écrits. Pas d'appel. Ensuite, tu ne tenteras pas de savoir qui je suis et où je vis. Pas de questions trop personnelles à mon encontre.

…

Adam : < 23:24 > Tu souhaites rester une inconnue pour moi ?

Gaby : < 23:25 > C'est bien cela le deal Adam. Quoiqu'il arrive, je ne veux pas que tu saches qui je suis. Comme moi, je ne saurai pas non plus qui tu es.

…

Gaby : < 23:27 > Si cela ne te convient pas, je souhaite qu'on arrête tout de suite.

...

Adam : < 23:30 > Non, cela me va comme ça. Je ne demande pas plus qu'une oreille attentive. Je ne souhaite rien d'autre, et si j'ai pu être ambigu, je m'en excuse.

Gaby : < 23:31 > Ne t'excuse pas Adam, je ne l'ai pas pris pour autre chose, mais je souhaite que l'on soit honnête l'un envers l'autre dès le début.

Adam : < 23:32 > Tu as raison Gaby, comme ça on sait à quoi s'en tenir tous les deux.

...

Gaby : < 23:25 > J'ai oublié de préciser une dernière chose : pas de message avant 21 heures, et c'est moi qui te contacte en premier.

Adam : < 23:26 > Très bien, comme tu veux. En plus, cela me convient, car je couche mes enfants vers 20h45. Ensuite, j'ai plus de temps pour moi.

...

Gaby : < 23:28 > Je suis sérieuse, je te demande de bien y réfléchir et de me dire demain si tu es d'accord.

Adam : < 23:29 > Mais j'ai bien réfléchi et je suis d'accord.

Gaby : < 23:30 > Adam réfléchit bien. Laissons passer la nuit et demain, si tu n'es pas d'accord, ne réponds pas à mon message et je comprendrai. Bonne nuit.

...

Adam : < 23:32 > Bonne nuit.

7. Souffrance

Gaby : < 21:02 > Bonsoir.

…

Adam : < 21:05 > Je suis d'accord.

Gaby : < 21:05 > Un bonsoir et j'aurais compris ;)

Adam : < 21:05 > Bonsoir :)

Gaby : < 21:06 > :)

Gaby : < 21:06 > Alors tu nous as trouvé un sujet ?

Adam : < 21:06 > Non. J'ai eu beau essayer, mais sans résultat. Je ne te connais pas assez pour savoir ce qui peut t'intéresser.

Gaby : < 21:07 > Vous, les hommes !!

Gaby : < 21:07 > Comment ça va ce soir ?

…

Adam : < 21:09 > Ça peut aller et toi ?

Gaby : < 21:10 > Elle te manque… Tu souffres encore beaucoup ?

Adam : < 21:10 > Évidemment que je souffre, j'ai perdu ma femme.

...

Gaby : < 21:12 > Et si on parlait de la souffrance?

Adam : < 21:12 > Tu veux qu'on parle de ma souffrance ?

Gaby : < 21:13 > Je voulais dire en général.

Gaby : < 21:13 > Crois-tu que chacun soit égal face à la douleur ?

Adam : < 21:14 > Non bien sûr, certains supportent des choses que d'autres ne supporteraient pas.

Gaby : < 21:15 > Tu m'as l'air bien sûr de toi.

Adam : < 21:15 > Cela me paraît évident.

Gaby : < 21:16 > Et pourquoi certain plus que d'autres ?

...

Adam : < 21:18 > Je ne sais pas. Je ne m'étais jamais posé la question, la génétique peut-être ?

Gaby : < 21:19 > Étrange. Pour toi, c'est génétique et tu ne penses pas qu'on puisse apprendre à gérer sa douleur ?

Moi j'ai une théorie.

Adam : < 21:20 > Je suis curieux de la connaître.

Gaby : < 21:21 > Disons que 10 est le maximum supportable, tu estimes être à combien ?

Adam : < 21:21 > 10

Gaby : < 21:22 > 10 pour quelqu'un pour qui ça peut aller !

Adam : < 21:23 > Il le faut bien pour les enfants ! Sans eux, je ne sais pas...

Adam : < 21:24 > Mais je veux bien connaître ta théorie.

Gaby : < 21:25 > Très bien. Prenons une jeune fille qui a une rage de dents, sur le moment, elle donne 10 à sa douleur.

Adam : < 21:26 > Cela dépend de la définition de jeune, mais admettons, sans quoi je sens que je n'aurais pas ma théorie.

Gaby : < 21:27 > Très drôle !

Plus tard, cette même « jeune » femme accouche d'un enfant et attribue à nouveau 10 à sa souffrance. La rage de dents passe donc à 8-9.

Adam : < 21:28 > Je crois comprendre, mais voyons ou ça va nous mener.

Gaby : < 21:29 > Voyons maintenant cette personne bien plus tard dans une situation tragique. Elle perd son enfant, à nouveau 10, l'accouchement passe à 8-9 et la rage de dents à 6-7.

Adam : < 21:30 > Si je comprends bien ta théorie, il me faut un plus grand malheur afin de minorer celui que je vis.

Gaby : < 21:31 > Hihi, non il y a d'autres possibilités Adam que de souffrir toujours plus.

Adam : < 21:31 > Comme ???

Gaby : < 21:32 > Imaginons que dans quelque temps, tu rencontres quelqu'un et que tu vives à nouveau une grande histoire d'amour.

Adam : < 21:33 > Je vois, tu veux dire que si je surmonte ma peine, cela ne sera plus un 10, car le 10 par définition est insurmontable.

Gaby : < 21:33 > EXACT.

Adam : < 21:34 > Je n'en suis pas encore là. Et si je ne voulais pas passer à autre chose ?

Gaby : < 21:35 > Tu l'as dit, tes enfants comptent sur toi. Tu te dois de passer à autre chose. Cela prendra du temps, et ce qui est insurmontable aujourd'hui, ne le sera peut-être pas demain.

Gaby : < 21:36 > L'homme a été conçu de telle sorte que seule sa survie compte, Adam, sans cela nous n'existerions plus. C'est dans nos gênes.

Adam : < 21:37 > Eh bien, je crois qu'on a trouvé un sujet.

Gaby : < 21:37 > Oui, peut-être bien trop sérieux !

Adam : < 21:38 > Moi, je dirai intéressant

Gaby : < 21:38 > Il est tard, à demain.

Adam : < 21:39 > J'ai hâte de connaître le sujet de demain.

Adam : < 21:39 > Bonne nuit.

Gaby : < 21:40 > Bonne nuit.

8. Pied en l'air, pied sur terre

Gaby : < 21:01 > Coucou

…

Adam : < 21:03 > Salut

Adam : < 21:03 > Alors ce sera quoi ce soir ?

Gaby : < 21:04 > On n'est pas au restaurant non plus, il ne suffit pas de commander pour obtenir quelque chose.

Adam : < 21:05 > :)

Gaby : < 21:06 > Je ne sais pas, je n'aime pas planifier.

Adam : < 21:06 > Ha, tu es de celles qui ne planifient rien.

Gaby : < 21:07 > Et tu es de ceux qui font des raccourcis.

Adam : < 21:07 > Touché.

Gaby : < 21:07 > Et toi, aventurier ou planificateur ?

Adam : < 21:08 > Je suis de ceux qui se posent des questions, et, qui donc planifient.

Gaby : < 21:08 > Je ne pense pas selon toi ?

Adam : < 21:09 > :)

Adam : < 21:09 > Gaby ne planifiait rien non plus, c'est moi qui m'occupais de la logistique.

Gaby : < 21:09 > Comme ?

Adam : < 21:10 > Comme pour les vacances. Si on l'écoutait, on prenait des billets et le reste, on voyait sur place.

Gaby : < 21:11 > Je suis assez d'accord.

Adam : < 21:12 > :) Moi, je regarde pour le logement, les transports et les excursions.

Gaby < 21:13 > Mais à force de tout planifier, ne retire-t-on pas tout le sel de l'aventure ?

Adam : < 21:14 > Les plus grands aventuriers sont ceux qui planifient leur aventure.

Gaby : < 21:14 > Pas convaincue, où est l'aventure, si tout est planifié.

Adam : < 21:15 > Regarde, Scott et Amundsen, pour la course au Pôle Sud au début du siècle.

Gaby : < 21:16 > Désolée, cela ne me dit rien.

Adam : < 21:16 > L'un Anglais, et l'autre Norvégien, ils se sont lancés en même temps à la conquête du Pôle Sud.

Adam : < 21:16 > L'Anglais choisit peu d'hommes et des chiens pour tirer les traîneaux.
Adam : < 21:17 > Le Norvégien, beaucoup d'hommes et des poneys pour les traîneaux.

Adam : < 21:17 > Le Norvégien périt avec tous ses hommes et l'Anglais conquit le Pôle sans en perdre aucun.

Gaby : < 21:18 > Fascinant, mais comment peut-on penser à des poneys pour atteindre le pôle ?

Adam : < 21:19 > Des poneys de Mandchourie ;) résistant au froid, mais apparemment pas au Pôle Sud.

Gaby : < 21:20 > Quelle culture !! Tu sais ce qu'en disait Françoise Sagan… « La culture, c'est comme la confiture, moins on en a, plus on l'étale » :)

Adam : < 21:21 > C'est tout moi. On se connaît à peine et tu me perces déjà à jour.

Gaby : < 21:22 > Eh bien moi, je suis contre la planification. À trop prévoir et planifier, que reste-t-il de l'aventure ? Rien.

J'aime être surprise, j'aime partir à l'aventure.

Je ne suis pas de celles qui sortent le samedi soir, uniquement parce que c'est samedi.

Gaby : < 21:23 > La vie est trop courte Adam, tu es bien placé pour le savoir, alors aux diables les habitudes.

…

Adam : < 21:25 > Je me marre, je croirais entendre Gaby.

Adam : < 21:26 > Elle avait peur, elle aussi, de la routine et j'adorais sa spontanéité.

Gaby : < 21:27 > Décidément, je m'aime beaucoup.

Adam : < 21:28 > Tu lui aurais plu, c'est certain.

Adam : < 21:28 > Une seconde, ma fille…

La fille d'Adam, Amanda venait d'entrer dans la chambre portant son doudou, dit nanin, un lapin rose avec de longues oreilles et un étrange cou.

— Papa, il y a un monstre dans ma chambre, et nanin a peur.

— Ne t'inquiète pas ma chérie, je vais le faire partir. Je discutais avec une amie.

— Une amie fille, ou une amie garçon, papa ?

— Une amie fille, ma chérie.

— Bonjour amie fille.

— Elle ne peut pas t'entendre ma chérie, il faut lui écrire. Tu veux que j'écrive pour toi ?

— Elle me voit ?

— Non ma chérie, elle ne nous voit pas non plus. Je vais lui écrire à ta place d'accord ?

— D'accord, mais tu écris tout ce que je dis.

Adam : < 21:31 > Ma fille Amanda, vous dit bonjour et j'ai pour ordre de vous écrire exactement ce qu'elle me dit alors voilà c'est parti.

Gaby : < 21:32 > Bonjour Amanda. Tu vas bien ?

Adam : < 21:33 > Amanda : Non il y a un monstre dans ma chambre et nanin a très peur.

Gaby : < 21:34 > Je suis sûre que ton papa va s'en occuper, c'est le plus fort des papas et après ton doudou pourra dormir tranquille.

Adam : < 21:35 > Amanda : c'est pas doudou, c'est nanin qu'il s'appelle.

Gaby : < 21:35 > Ho désolée, je voulais dire nanin

Adam : < 21:36 > Amanda : Tu es une amie de mon papa ?

Gaby : < 21:37 > Oui je pense, et je pourrai être la tienne aussi si tu le veux ?

…

Adam : < 21:39 > Amanda : Je ne veux pas d'amie fille, je veux ma maman

…

Gaby : < 21:45 > Je comprends Amanda. C'est très dur pour vous deux et pour ton papa.

…

Adam : < 21:50 > Amanda : Mon papa il pleure beaucoup des fois et je veux pas qu'il s'en va voir ma maman au ciel. Je veux qu'il reste avec moi.

…

Gaby : < 22:01 > Ton papa ne partira jamais, jamais, il restera toujours avec toi.

…

Adam : < 22:05 > Amanda : je veux dormir avec mon papa.

Gaby : < 22:06 > Je pense que cela vous fera du bien à tous les deux. Tu veux bien dire à ton papa, bonne nuit et à demain Amanda.

…

Adam : < 22:15 > Amanda : Oui, bonne nuit amie fille.

…

Gaby : < 22:21 > Bonne nuit et courage Adam.

9. 17 juillet

Gaby : < 21:00 > Bonsoir, ça va ?

…

Gaby : < 21:11 > Tu es là ?

…

Gaby : < 21:30 > Tu m'inquiètes…

…

Gaby : < 22:00 > Dis-moi, au moins si ça va, et je ne t'ennuierai plus.

…

Gaby : < 22:10 > Très bien…

À demain peut-être

10.18 juillet

Gaby : < 21:00 > Adam tu es là ?

…

Adam : < 21:14 > Bonsoir, oui je suis là.

Gaby : < 21:15 > J'étais inquiète, je n'avais pas de nouvelles et après notre dernière conversation…

Adam : < 21:16 > Je suis désolé, mon fils, Billy s'est blessé au bras hier soir et l'on a dû passer une partie de la nuit aux urgences.

Gaby : < 21:17 > Rien de grave ?

Adam : < 21:17 > Non, ils ont fait une radio de son coude, et heureusement rien n'est cassé. Il aura une écharpe au bras pendant quelques jours.

Billy a été très courageux à aucun moment il n'a pleuré.

Gaby : < 21:18 > Tu es fier de tes enfants, ça se ressent.

Adam : < 21:19 > Ils sont tout ce qui me reste d'elle. Comment ne pas les aimer, mais ils sont aussi ma plus grande crainte.

Gaby : < 21:20 > Que crains-tu Adam ?

…

Adam : < 21:22 > Je crains plus que tout d'échouer dans leur éducation. Je suis seul maintenant à prendre les décisions, et chacune d'elles peut avoir de grave conséquence sur eux. Comment être sûr de ne pas me tromper.

Gaby : < 21:23 > Tu ne seras jamais rassuré Adam. C'est ça le rôle de parent, faire du mieux qu'on peut pour ses enfants, sans jamais savoir si ce qu'on fait est bien ou pas, mais continuer à le faire.

Adam : < 21:24 > Et que répondrai-je à Amanda quand elle deviendra une petite femme et qu'elle aura besoin de conseils féminins ?

Et à Billy, sa mère lui manque tellement… ils étaient tellement proches… il fait le fort, mais…

…

Gaby : < 21:26 > Tu parles, comme si tu allais finir ta vie, seul.

Adam : < 21:26 > Je parle, comme le seul parent qui leur reste et j'ai peur tout simplement de ne pas être à la hauteur.

Gaby : < 21:27 > Tu vas y arriver Adam. J'en suis sûre. Le fait même que tu te poses toutes ces questions le prouve.

Gaby : < 21:28 > Un jour prochain, tu seras au bras d'Amanda pour le jour le plus important de sa vie, tu la conduiras vers l'autel, et tu seras heureux et fier d'elle.

Tu seras également là pour Billy, le jour, ou comme toi il sera père pour la première fois.

Tu seras toujours là pour eux, pour les moments importants de leur vie.

Adam:<21:29> Tu es médium ?

Gaby:<21:30> C'est un de mes nombreux pouvoirs. Ne suis-je pas revenue d'entre les morts pour toi.

…

Adam:<21:32> Et si j'échoue ?

Gaby:<21:32> Tu n'échoueras pas, fais de ton mieux pour y arriver. Fais en sorte que cette question ne te hante pas. Mais si tu ne vas pas de l'avant… si tu restes ancré sur le passé alors…

Gaby:<21:33> Et puis qui sait Adam. Un jour peut-être, tu rencontreras une femme qui pourra t'aider. Non pas en remplaçant Gaby, car elle restera à jamais irremplaçable, mais en étant elle-même. Une femme qui t'aimera, qui aimera tes enfants comme si c'était les siens.

Adam:<21:34> Tu pourrais être cette femme ?

Gaby:<21:34> Non, là n'est pas mon rôle Adam, je ne serai jamais cette femme.

Adam:<21:35> Quel est donc ton rôle Gaby ou qui que tu sois ?

Gaby:<21:36> Je me vois comme une Muse, Adam, c'est le destin qui nous a réunis, c'est lui qui nous séparera.

Adam:<21:37> Une Muse… et que me réserve ce destin ?

Gaby:<21:37> Le destin avance masqué Adam, et c'est bien mieux ainsi.

Adam:<21:38> Personne ne pourra la remplacer, et si je décidais de rester seul le reste de ma vie, est-ce si grave ?

Cela ne me dérange pas, j'aurai connu l'Amour de ma vie, alors que bien des personnes ne le connaîtront jamais.

Gaby:<21:39> Ne prends pas mal ce que je vais te dire.

Adam:<21:40> Ne t'inquiète pas, et puis tu es ma première Muse, alors je ne saurais même pas comment faire.

Gaby:<21:41> J'y vais alors.

Adam:<21:41> Quel suspense… toutes les Muses sont-elles aussi lentes que toi ?

Gaby:<21:42> Non, tu as affaire à la plus lente de toutes.

Adam:<21:43> Décidément je suis chanceux.

Gaby:<21:43> Quel âge as-tu Adam ?

Adam:<21:44> 33

Gaby:<21:44> Eh bien, je ne suis pas d'accord avec toi sur le terme « Amour de ma vie ».

Adam:<21:45> Parce que j'ai 33 ans !!

Et si j'avais eu plus ou moins, la réponse aurait-elle été différente ?

Gaby:<21:46> Oui elle aurait été différente.

Adam:<21:47> Je ne crois pas que l'âge est grand-chose à voir avec ça, c'est plutôt une question de personne. Donc pour toi, je ne saurai pas ce que je ressens …

Comment, peux-tu mettre en doute mon amour envers elle ?

Gaby:<21:48> Calme-toi Adam.

Adam:<21:49> Je suis calme, mais je me demande si notre relation n'est pas partie sur une mauvaise base. Je pensais ne pas être jugé et là…

Gaby:<21:50> Je ne te juge pas, je demande juste à aller jusqu'au bout de mon résonnement.

…

Adam:<21:52> Très bien.

Gaby:<21:53> Je ne mets pas en doute tes sentiments. Pour Gaby, je suis d'accord, il n'y a aucun doute, tu es et tu as été « l'Amour de sa vie ».

Mais toi, comment peux-tu dire que c'est « l'Amour de ta vie » alors que tu n'es qu'au tiers de la tienne. Tu ne peux pas dire jamais je ne tomberai amoureux. Et si cela devait arriver. Cette personne, sera à n'en pas douter, quelqu'un de différent de Gaby, mais tu n'en seras pas moins amoureux.

Adam:<21:54> Et comment pourrait-elle concurrencer ma Gaby ?

Gaby :<21:55> Je te l'accorde, après une mort tragique tous les sentiments sont exacerbés, et l'on a tendance à les enjoliver. On se rappelle des bons moments, et l'on masque ou l'on oublie les mauvais.

Mais Adam, la vie vaut la peine d'être vécue, et pas à moitié !

Comment tes enfants pourront-ils être heureux si leur père ne l'est pas !!!

…

Adam:<21:57> Je ne sais pas quoi répondre, mes enfants sont toute ma vie maintenant.

Je comprends ce que tu veux me dire, et tu sais que je ne veux que leur bonheur, mais il est encore trop tôt pour moi.

Gaby:<21:58> As-tu déjà été amoureux avant Gaby ?

Adam:<21:59> J'ai eu quelques aventures, mais sans grandes importances, il y a bien eu quelqu'un, mais nous ne sommes restés ensembles que peu de temps.

Gaby:<22:00> Combien de temps ?

Adam:<22:00> 6 mois.

Gaby:<22:01> Qui a rompu ?

Adam:<22:01> On a rompu d'un commun accord.

Gaby:<22:02> J'ai toujours aimé cette expression … car il y a forcément un des deux qui initie la conversation.

Alors qui a parlé le premier ?

Adam:<22:03> Tu veux que je te raconte, comme ça tu te feras ta propre idée ?

Gaby:<22:04> Ça marche

Adam:<22:04> :)

C'était un dimanche, et j'étais venu la chercher chez elle comme d'habitude. Une fois arrivée, elle m'embrasse, me fait signe d'entrer, me dit que sa mère est dans sa chambre, tout en montrant la cuisine et une petite table de deux places poser contre le mur. Elle me propose un café et me dit qu'on a besoin de parler.

Je demande de quoi. En 6 mois on avait déjà failli rompre plusieurs fois, mais ça avait toujours été moi l'initiateur. Elle me répond, de la suite de notre histoire. Elle me dit que ces derniers jours, on se dispute beaucoup, qu'on pourrait faire une pause et réfléchir à la suite.

Gaby:<22:05> Et tu lui as répondu …

Adam:<22:06> Je me suis dit, que les rumeurs de la semaine devaient être vrai et qu'elle ne m'avait pas parlé de sa mère par hasard. Je lui ai donc répondu : « Pourquoi ne pas tout arrêter maintenant ».

Gaby:<22:07> Et elle s'est empressée de dire d'accord.

Adam:<22:07> Oui

Gaby:<22:08> Quel genre de rumeur ?

Adam:<22:09> Une rumeur, comme quoi elle m'avait trompé pendant la semaine.

Gaby:<22:10> Tu le savais avant d'aller la rejoindre et tu ne lui as rien dit ?

Adam:<22:11> Oui.

Gaby : < 22:11 > Même après qu'elle t'a dit c'est fini, tu ne lui as pas posé la question de savoir si c'était vrai ?

Adam : < 22:12 > Non. À quoi bon, c'était fini, et puis elle aurait pu me mentir, ou pas, dans les deux cas, faire de l'esclandre n'allait rien y changer. Et vu la présence de sa mère, je savais qu'elle appréhendait ma réaction.

Je souhaitais donc mettre fin à cette relation sans faire de heurts.

Gaby : < 22:13 > Eh bien, chapeau Adam, car bien des hommes à ta place auraient demandé, et si elle avait dit oui, l'aurait traitée de tous les noms.

Adam : < 22:14 > Sûrement.

Gaby : < 22:14 > Pour en revenir à la question, pour moi, c'est toi qui t'es fait larguer, vu qu'elle t'avait déjà remplacé.

Adam : < 22:15 > Et même, si c'est vrai, cela n'est pas grave, c'est si loin.

Gaby : < 22:15 > Tu l'aimais ?

Adam : < 22:16 > Quelle Muse curieuse tu fais ?

Gaby : < 22:16 > Oui, la plus curieuse de toutes, cela te gêne?

Adam : < 22:17 > Non, cela me fait plutôt sourire, et cela fait bien longtemps que je n'ai pas vraiment souri.

Gaby : < 22:17 > Alors ?

Adam : < 22:18 > Au début, je ne voulais pas sortir avec elle, elle était sortie avec un copain, et je ne souhaitais pas avoir de soucis avec lui.

Gaby : < 22:19 > Ils n'étaient plus ensemble. Alors en quoi cela pouvait-il le déranger ?

Adam : < 22:20 > Il existe un code tacite entre copains, et ne pas sortir avec une ex d'un ami figure en tête de liste.

Gaby : < 22:21 > Alors, pourquoi l'avoir fait ? Elle était jolie ?

Adam : < 22:22 > On se calme la Muse, une question à la fois

Gaby : < 22:23 > Pourquoi se limiter

Adam : < 22:23 > Très bien, pas de limite entre nous alors

Adam : < 22:24 > Oui, elle était jolie. Comme excuse, j'avais beaucoup bu ce soir-là, et faut croire que chez vous les filles, vous n'avez pas le même genre de code que nous.

Adam : < 22:25 > Pauvre Adam, c'est toujours la faute des filles. Elles attendent que vous soyez faibles, et hop vous mettent le grappin dessus. Ho la vilaine fille.

Adam : < 22:26 > Hé bien oui. De plus, je ne pensais pas que c'était sérieux, l'histoire d'une nuit.

Gaby : < 22:27 > Et ton ami, quand il l'a appris, il en a pensé quoi ?

Oui je sais je suis indiscrète, et alors…

Adam : < 22:28 > Disons… qu'il l'a plutôt bien pris dans un premier temps.

Gaby : < 22:29 > Et dans un deuxième temps ?

Adam : < 22:29 > Ensuite, il a cru bon de tout me raconter sur eux deux.

Gaby : < 22:30 > C'est-à-dire ?

Toi par contre, t'es vraiment le plus lent au monde pour raconter

Adam : < 22:31 > Tu me demandes d'accélérer ?

Gaby : < 22:31 > Non de mettre le turbo

Adam : < 22:32 > Que ce n'était pas une fille sérieuse, et que si je restais avec elle, j'en souffrirais.

Gaby : < 22:33 > En clair, Il était jaloux, et il t'en voulait, mais sans te le dire vraiment.

Adam : < 22:34 > Oui, et je ne comprenais même pas pourquoi. Parce qu'en plus il était en couple à ce moment-là. Et d'après lui, c'était lui qui était parti.

Gaby : < 22:35 > Tu sais Adam, la manière dont tu as réagi pour rompre avec cette fille, montre beaucoup de choses sur ta personnalité, mais tous les hommes ne sont pas comme toi, loin de là.

La plupart sont de vrais idiots, parce qu'un jour on leur a appartenu, ils pensent qu'ils ont, et auront toujours un droit de regard sur notre vie. Désolée, mais ton copain fait partie de ceux-là.

Adam : < 22:36 > Ne le soit pas, cela fait bien longtemps que je ne le vois plus, et ce n'est pas maintenant que je vais le défendre ;)

Gaby : < 22:37 > Comment a-t-il réagi quand vous avez rompu ?

Adam : < 22:38 > Il est ressorti avec elle, sans rompre avec celle qui partageait sa vie.

Gaby : < 22:39 > Le parfait salaud ton copain, il dénigre la fille, fait en sorte que tu rompes avec elle, et ensuite, retourne avec elle. Pardonne-moi, mais c'est plus fort que moi.

Adam : < 22:40 > Pas de soucis, cette histoire est tellement vieille, je suis même étonné de m'en souvenir aussi précisément, mais je vois que ça te fait réagir :).

Gaby : < 22:41 > :) Oui peut-être même trop.

Adam : < 22:42 > Non pas de soucis, ça me fait du bien de te parler.

Gaby : < 22:43 > A moi aussi Adam.

À demain

Adam : < 22:44 > À demain.

11. 19 juillet

Gaby : < 21:00 > Salut

…

Adam : < 21:05 > Salut Gaby

Gaby : < 21:05 > J'ai cru que tu ne viendrais pas ce soir.

Adam : < 21:05 > Et pourquoi je ne serais pas venu ce soir ?

Gaby : < 21:06 > Tu aurais pu être fâché pour hier.

Adam : < 21:06 > Non pas du tout, je ne me froisse pas si facilement que ça, par contre la chemise que j'essaie désespérément de repasser oui…

Gaby : < 21:07 > Je passe après une chemise… J'espère au moins que c'est une chemise spéciale ?

Adam : < 21:07 > En quelque sorte, je suis convoqué demain pour une audition concernant l'enquête préliminaire chez le juge. Et je n'arrive pas à terminer cette satanée chemise.

Gaby : < 21:08 > Tu veux que je te laisse tranquille ?

Adam : < 21:08 > Non, non !! Je terminerai plus tard…

Gaby : < 21:08 > Tu peux aussi y aller sans chemise

Adam : < 21:08 > Je ne voudrais pas qu'il y ait outrage à magistrat ;)

Gaby : < 21:09 > Tu vas tenir le coup demain ?

Adam : < 21:09 > Il le faut bien, mais c'est difficile…

Gaby : < 21:10 > Tu veux qu'on change de sujet ?

Adam : < 21:11 > Cela ne changera rien à la réalité

Gaby : < 21:11 > Non, c'est sûr. Tu vas le voir ?

Adam : < 21:12 > Le chauffard ?

Gaby : < 21:12 > Oui

Adam : < 21:13 > Je crois

Gaby : < 21:13 > Ha… Tu dois tellement lui en vouloir…

Adam : < 21:14 > Au début… je l'aurai tué… puis…

Adam : < 21:15 > Il n'a que 20 ans… il conduisait une voiture dont il n'avait pas l'habitude… la voiture de son père, un gros 4 × 4 Allemand. En boîte de nuit, il avait trop bu… et il a perdu le contrôle du véhicule…

Gaby : < 21:16 > Non, tu lui trouves des excuses !!

Adam : < 21:16 > Ce n'est pas si simple…

Ce qu'il a fait… est inexcusable, mais maintenant rien ne la fera revenir

Gaby : < 21:17 > Et tu attends quoi de ce procès ?

Adam : < 21:18 > Que ce soit fini…

Qu'il soit puni, mais je ne suis pas sûr que 2 ans de prison suffisent…

Gaby : < 21:19 > 2 ans seulement !!

Alors qu'il a tué et blessé des personnes, ce n'est pas cher payé, je trouve !

Il y a de quoi être en colère après la justice !

Ferme les 2 ans ?

Adam : < 21:20 > Il risque 3 ans de prison dont un avec sursis… En clair, il ne devrait faire que deux ans…

Gaby : < 21:21 > Je ne sais pas quoi dire… Ensuite, il reprendra le cours de sa vie, comme si de rien… Cela paraît tellement injuste…

Adam : < 21:22 > Oui, injuste est le mot… J'y ai bien réfléchi, tu sais. Et je ne pense pas que la prison à elle seule, soit suffisante comme punition…

Gaby : < 21:22 > A quoi penses-tu ?

Adam : < 21:23 > Deux ans de prison et puis plus rien.

Non, ce n'est pas possible…

Pourquoi ne pas envisager de les obliger à ne plus jamais boire de leur vie !!!

Comme cela à chaque fois que quelqu'un leur proposera un verre, ils penseront à leur acte et feront pénitence…

C'est peut-être la colère en moi qui s'exprime, mais je ne pense pas que ce soit trop cher payé vu les dégâts provoqués…

Gaby : < 21:24 > Je trouve moi que c'est une excellente idée et s'ils enfreignent la loi, qu'ils purgent le reste de leur condamnation.

Adam : < 21:25 > Oui, mais c'est être utopique de penser que cela arrivera un jour…

Les victimes prennent perpétuité, mais pas les bourreaux !

Gaby : < 21:26 > Utopique ce n'est pas un mot du siècle dernier ça ;)

Adam : < 21:27 > Si, hihi. On va bien ensemble :)

Gaby : < 21:27 > :)

…

Gaby : < 21:29 > Tu sais, je suis admirative… Tu as réussi à prendre du recul sur tout ça, et je ne sais pas si moi j'en aurai été capable.

Adam : < 21:30 > Ce n'est qu'une façade… je suis déjà passé par tant de stades… que maintenant la seule chose de sûre. C'est que je ne suis sûr de rien, et surtout pas de comment je réagirai demain.

Il y a le Adam réfléchi, le Adam mari et père et ce soir je ne sais pas quel Adam se présentera demain devant ce garçon…

Gaby : < 21:31 > Je te fais confiance, tu sauras comment réagir et cela va bien se passer. J'en suis certaine.

Adam : < 21:32 > Merci. Je l'espère sincèrement, Gaby.

…

Gaby : < 21:33 > Et pour tes chemises, pourquoi ne fais-tu pas appel à un pressing ?

Adam : < 21:34 > Oui Madame la juge

Pas des chemises ! Une chemise, et pour tout te dire, je pensais y arriver ;)

Gaby : < 21:35 > Si tu n'es pas doué, faut savoir se faire aider.

Adam : < 21:35 > T'inquiète… Je suis autonome…

Gaby : < 21:36 > Un autonome maladroit

Adam : < 21:36 > Un autonome débrouillard :)

Gaby : < 21:37 > Un débrouillard ne deviendra jamais un expert ;)

Adam : < 21:37 > Tu mets en doute mon expertise ?

Gaby : < 21:38 > Loin de moi cette pensée, je ne te connais pas assez ;)

Adam : < 21:39 > Et cela te plairait de mieux me connaître ?

Gaby : < 21:40 > Je pense que chaque soirée que l'on passe à se parler me font mieux te connaître, et cela me convient comme cela.

Adam : < 21:41 > C'est certain.

Gaby : < 21:41 > Et toi, tu n'es pas curieux ?

Adam : < 21:42 > Je pense que chaque soirée que l'on passe à se parler me fait mieux te connaître, et cela me convient comme cela…

Gaby : < 21:43 > Plagiat !!!!! Tricheur !!!!

Adam : < 21:44 > Pourquoi, je n'ai enfreint aucune des règles que tu as édictées.

Gaby : < 21:45 > Eh bien ! Je rajoute le plagiat à la liste… Voilà c'est fait :)

Adam : < 21:46 > A force, il ne va plus rien nous rester :)

Et pourquoi, ce n'est que toi qui tiens la liste, pas très équilibré tout ça…

Gaby : < 21:47 > Parce que tu es galant mon ami.

Adam : < 21:47 > Galant ! C'est la première fois qu'on me l'écrit, je crois… non, j'en suis sûr.

Gaby : < 21:48 > Heureuse, d'être ta première fois ;)

Adam : < 21:49 > Je ne voudrais pas que cela te monte à la tête…

Gaby : < 21:50 > T'inquiète, il y a de la marge, je suis grande hihi

Adam : < 21:51 > Très drôle… et puis qui te dit que je suis ton ami ?

Gaby : < 21:52 > Pourquoi, pour toi on n'est pas ami ?

Adam : < 21:52 > Les amis, pour moi, sont des personnes, qu'on n'a pas forcément besoin de voir quotidiennement, mais qui sont présentes le jour où vous avez besoin d'eux.

Gaby : < 21:53 > Waouh !!! Message reçu !!! Nous, on a des contacts journaliers et comme on ne sait rien l'un de l'autre, ni nom ni adresse. Pour la présence, ce n'est pas gagné. En clair, pas la peine de compter sur nous hihi

Si on s'en tient à ta définition, on ne deviendra clairement jamais des amis :)

Adam : < 21:54 > hihi

Gaby : < 21:54 > On deviendra peut-être autre chose…

Adam : < 21:54 > Comme ?

Gaby : < 21:55 > Comme, je ne sais pas des Amis virtuels…

Adam : < 21:55 > Moi ça me va Ami virtuel

Adam : < 21:56 > Je dois te laisser, car j'entends Amanda… Et puis j'ai cette satanée chemise à finir !

Gaby : < 21:57 > J'espère que ce n'est pas moi qui te fais fuir ?

Adam : < 21:58 > Non, :). À demain Gaby.

Gaby : < 21:59 > À demain.

12. 20 juillet

Adam : < 21:00 > Bonsoir

Gaby : < 21:01 > Bonsoir, je suis là.

Adam : < 21:01 > Je t'ai contacté en premier, car j'ai besoin de parler à quelqu'un…

Gaby : < 21:02 > Je comprends. Comment ça s'est passé, bien ?

Adam : < 21:02 > Ça, s'est passé…

Gaby : < 21:02 > Tu l'as vu ?

Adam : < 21:03 > Oui

Gaby : < 21:03 > Pour quelqu'un qui veut parler, tu es plutôt économe…

Adam : < 21:04 > C'est parce que je m'en veux…

Gaby : < 21:04 > Tu n'as pas fait de bêtises au moins ?

Adam : < 21:04 > Non

Gaby : < 21:05 > Quel est le problème alors ?

Adam : < 21:05 > Le problème c'est que je devrais le haïr à mort. Il m'a pris ce que j'avais de plus cher et moi je ne vois qu'un garçon apeuré qui baisse le regard quand il me regarde. Un gamin qui ne lâche pas des yeux ses parents pour se rassurer.

Gaby : < 21:06 > Je comprends. Ton problème c'est que tu n'arrives pas à le détester.

Adam : < 21:07 > Oui

Gaby : < 21:07 > La plupart du temps, dans cette situation se sont les émotions qui dominent et non la raison.

Adam : < 21:08 > Je l'aimais, et je l'aime encore, alors pourquoi je n'y arrive pas.

Gaby : < 21:09 > Ce n'est pas parce que chez toi la raison prédomine que ça veut dire que tu ne l'aimais pas Adam.

Adam : < 21:10 > Je suis peut-être insensible…

Gaby : < 21:10 > Non, je ne peux pas te laisser dire ça !!! Tu es quelqu'un de sensible et de réfléchi et cela fait de toi un être exceptionnel.

Adam : < 21:11 > Tu dis ça pour me rassurer.

Gaby : < 21:12 > Je le pense vraiment. Pas de faux-semblant entre nous, tu te souviens.

Adam : < 21:13 > Oui

Gaby : < 21:14 > Ce n'est pas parce que la majorité des gens réagissent d'une certaine façon que la tienne est mauvaise. Personne n'a le droit de te juger. C'est justement parce que tu lui trouves des circonstances atténuantes que tu es quelqu'un de sensible.

Sois indulgent avec toi-même.

…

Gaby : < 21:16 > Tu n'arrives pas à en vouloir à un jeune homme qui jusqu'à l'instant du drame n'avait jamais rien eu à se reprocher.

Un jeune désemparé par la douleur qu'il a provoquée et qui restera marquée à vie par cette tragédie. Tu as raison… tu as tous les symptômes de l'insensibilité Adam.

Adam : < 21:17 > Merci

Gaby : < 21:17 > Merci pour quoi ?

Adam : < 21:18 > Merci pour tout. Parler avec toi, avoir quelqu'un à qui me confier me fait du bien.

Gaby : < 21:19 > C'est réciproque Adam. Nos soirées passées ensemble me font énormément de bien et me font oublier les divers tracas de mon quotidien.

Adam : < 21:20 > On se fait du bien :)

Gaby : < 21:21 > On ne se fait pas de mal ;)

…

Gaby : < 21:23 > Je ne pourrai pas demain soir, je ne serai pas disponible…

Adam : < 21:23 > Tu me trompes ?

Gaby : < 21:23 > Non je ne te trompe pas :)

…

Gaby : < 21:24 > Promis, je n'écrirai à personne d'autre demain

Adam : < 21:25 > Ha très bien. J'ai eu peur que puisque je ne suis pas très gai en ce moment, tu décides de ne plus m'écrire…

Gaby : < 21:26 > T'es bête !!! Si c'était le cas je te le dirais… et puis si tu étais trop gai, cela changerait peut-être bien des choses.

Adam : < 21:27 > Ha ha ha

Gaby : < 21:27 > J'ai au moins réussi à te faire rire et tu avoueras que ce n'était pas gagné ;)

Adam : < 21:28 > Qui te dit que j'ai ri, j'ai souri tout au plus.

Gaby : < 21:28 > C'est déjà un début. Si je peux contribuer à te rendre le moral… Je suis contente.

Adam : < 21:29 > Je te rends heureuse comme ça ?

Gaby : < 21:30 > En quelque sorte hihi.

Adam : < 21:30 > Donc on se reparle après-demain c'est sûr ?

Gaby : < 21:31 > Après-demain, promis je serai là.

Adam : < 21:31 > Je devrai survivre à une soirée ; P

Gaby : < 21:32 > Tu as intérêt, sinon je me fâcherai et tu ne me connais pas en colère hihi

Adam : < 21:33 > Lol

Gaby : < 21:33 > Je vais te laisser pour ce soir toutes ces émotions m'ont fatiguée…

Adam : < 21:34 > A après-demain alors ?

Gaby : < 21:35 > Oui, à après-demain Adam

13. 22 juillet

Gaby : < 21:02 > Bonsoir

Adam : < 21:03 > Bonsoir

Gaby : < 21:04 > Je ne t'ai pas trop manqué ?

Adam : < 21:04 > Non, mais alors pas du tout :)

Gaby : < 21:05 > Alors, bonne nuit et bonne continuation.

Adam : < 21:06 > Si, un peu.
…

Adam : < 21:10 > Allez, beaucoup ça te va ?

Gaby : < 21:10 > Ha quand même.
J'avoue avoir été surprise hier soir, je me suis attachée à nos soirées…

Adam : < 21:11 > Et comme ça, tu aimes être attachée ?

Gaby : < 21:12 > Question très personnelle, à laquelle je répondrai…
Que j'aime ma liberté.

…

Adam : < 21:14 > Tu trouves que l'amour réduit la liberté ?

Gaby : < 21:15 > L'amour induit souvent la jalousie. Ne dit-on pas souvent en parlant de quelqu'un de jaloux : « cela prouve qu'il tient à toi ».

Adam : < 21:16 > Oui, la jalousie est souvent prise comme preuve d'Amour, mais comme tout, cela dépend du degré, trop cela devient invivable.

Gaby : < 21:17 > Gaby était-elle très jalouse ?

Adam : < 21:18 > Non, des deux c'est moi qui aurais dû être le plus jaloux.

Gaby : < 21:19 > Pourquoi ?

Adam : < 21:19 > Elle était si belle et moi si quelconque. Il m'arrivait de me demander si un jour elle ne se réveillerait pas en se disant, mais pourquoi suis-je avec lui.

Gaby : < 21:20 > Tu avais donc toutes les raisons du monde de l'être. L'étais-tu jaloux ?

Adam : < 21:21 > Oui, je l'étais, mais pas comme tu le penses.

Gaby : < 21:22 > C'est-à-dire ?

Adam : < 21:23 > Je suis jaloux, mais pour moi il a deux manières d'aborder la chose. La première, être fou de jalousie, se demander sans cesse, si elle va me tromper ou pire me quitter. Se poser sans arrêt ces mêmes questions avec qui parle-t-elle, que fait-elle quand elle n'est pas avec moi.

Gaby : < 21:24 > Je remarque qu'avec toi c'est soit ON ou OFF, pas de juste milieu hihi

Et l'autre manière ? Celle que tu as décidé de prendre, je suppose…

Adam : < 21:25 > Tu supposes bien ;).

Je me dis que quoi qu'on fasse, ce qui doit arriver, arrivera…

Alors, si je dois vivre avec une personne pendant 10 ans et que cette personne me trompe et me quitte la dixième année. Eh bien, j'aurai vécu 9 années merveilleuses et non pas 10 années de stress pour finir en me disant : « j'avais raison ».

Gaby : < 21:26 > Et si elle te trompe pendant les 10 années ?

Adam : < 21:27 > Je vois que tu ne penses qu'au pire, merci.

Tant que je ne suis pas au courant et puisqu'elle reste avec moi, c'est qu'elle doit toujours m'aimer non ?

De toute façon, la première solution est tellement invivable, que je pense même qu'elle peut avoir l'effet inverse et pousser l'autre à le faire.

Gaby : < 21:28 > Tu es donc un jaloux refoulé hihi

Adam : < 21:29 > En quelque sorte : P.

Gaby : < 21:30 > Tu es décidément très intéressant Adam.

Toi et Gaby deviez former un très beau couple.

Adam : < 21:31 > Heu, je suis fidèle hein et j'espère bien qu'elle l'a été également ;)

Merci.

Gaby : < 21:32 > Pas de ça entre nous Adam, notre situation nous permet d'être franc l'un envers l'autre sans fioritures ni faux-semblants, et surtout sans complaisance ni merci.

Adam : < 21:33 > Excusez-moi Madame la Muse, si je vous ai heurtée par mon Merci.

Gaby : < 21:34 > Heurtée n'est pas le mot.

Adam : < 21:34 > Et quel serait le bon mot ?

Gaby : < 21:35 > Agacée.

Adam : < 21:35 > Agacée, houla que c'est violent.
Alors que je ne demandais qu'à vous aMUSEz Madame

Gaby : < 21:36 > hihi

Adam : < 21:36 > Et toi es-tu du genre jalouse ?

Gaby : < 21:37 > Terriblement, horriblement, passionnément jalouse hihi

Adam : < 21:38 > Tu es ma première Muse jalouse.

Gaby : < 21:38 > Je croyais être la première tout court ?

Adam : < 21:39 > Je n'ai jamais dit ça moi ?

Gaby : < 21:39 > Je crois bien que oui

Adam : < 21:40 > La première oui, la seule non.

Gaby : < 21:40 > Je croyais être la seule et unique ?

Adam : < 21:41 > Mais tu es ma préférée ;)

Gaby : < 21:42 > Ta préférée !!! Je t'en ficherai d'être ta préférée.

Adam : < 21:43 > Ficherai… Ça se dit encore ?

Gaby : < 21:43 > Ça s'écrit et cela peut même se hurler

Adam : < 21:44 > Je vois ça… mais ça date du début du siècle

Gaby : < 21:45 > C'est utilisé par les personnes cultivées, mon cher !!!

Adam : < 21:46 > Cher à quel point ?

Gaby : < 21:47 > Pas si cher que ça, presque donné hihi

Adam : < 21:48 > Si tu me le demandais, tu pourrais être la seule et unique ;)

Gaby : < 21:49 > Mais je ne te demande rien. Tu peux continuer avec autant de Muses que tu veux et surtout sans moi. Tu n'es pas si unique non plus !!!

Adam : < 21:50 > Tu t'emballes, tu t'emballes !!!

Gaby : < 21:51 > Non, je suis calme. Ça se voit que tu ne m'as jamais vu en colère !!

Adam : < 21:52 > Mais je ne demande que ça, te voir ;)

Gaby : < 21:53 > Tu sais bien que cela n'arrivera jamais, on s'était pourtant mis d'accord !!

Adam : < 21:54 > Les règles sont faites pour être contournées !!!

Gaby : < 21:55 > Pas celle-ci

Adam : < 21:55 > Je plaisantais pour les autres… Tu es la seule et unique pour moi. ;)

Gaby : < 21:56 > On a assez plaisanté, je crois pour ce soir et puis je suis un peu fatiguée.

Adam : < 21:57 > Alors à demain.

Gaby : < 21:58 > À demain

Adam : < 21:59 > Tu es fâchée ?

Gaby : < 22:00 > Non. Bonne nuit

Adam : < 22:01 > Bonne nuit.

14. Vibro

Adam : < 20:59 > Coucou

Gaby : < 21:01 > Coucou

Adam : < 21:02 > Comment ça va ?

Gaby : < 21:02 > Bien, très bien même. Il a fait beau aujourd'hui.

Adam : < 21:03 > Non, pas ça. On avait dit qu'on ne parlerait jamais du temps.

Gaby : < 21:04 > Hihi. Tu veux que je te raconte ma journée ou pas ?

Adam : < 21:04 > Pardon Madame.

Gaby : < 21:05 > :). Alors voilà, je suis partie faire du shopping.

Adam : < 21:05 > Toute seule ?

Gaby : < 21:06 > Tu es bien curieux. Non pas toute seule avec une autre personne.

Adam : < 21:06 > Avec un homme.

Gaby : < 21:07 > Non. Ça te convient ?

Adam : < 21:07 > Avec une femme, ça me convient parfaitement.

Gaby : < 21:08 > Hihi. Je peux continuer ?

Adam : < 21:08 > Oui, et j'apprécie que tu me le demandes hihi

Gaby : < 21:09 > Je suis donc partie faire du shopping et j'ai été étonnée par le nombre de personnes obnubilées par leur téléphone.

Adam : < 21:10 > C'est-à-dire ?

Gaby : < 21:11 > Tu peux deviner qui fait quoi rien qu'en les regardant marcher.

Adam : < 21:12 > Tu m'intrigues…

Gaby : < 21:12 > Si tu regardes bien, tu verras une différence dans la vitesse de marche.

Je m'explique : Les plus rapides ne font rien que marcher, ensuite viennent ceux qui lisent et en bons derniers ceux qui écrivent sur leur téléphone.

Adam : < 21:13 > Tu es très observatrice. On devrait faire des files pour ceux qui écrivent en marchant, cela éviterait les accidents.

Gaby : < 21:14 > C'est ce que je me suis dit aussi hihi

Je ne sais pas si tu as remarqué, mais les jeunes adolescents reçoivent tellement de messages qu'ils ne mettent plus de sonneries, juste le vibreur.

Adam : < 21:15 > Tu m'étonnes, afin d'éviter de faire du vacarme. C'est la génération internet, que veux-tu.

Gaby : < 21:16 > Oui c'est ça. Maintenant quand les gens déménagent, un des critères essentiels avec le lieu, la superficie et la surface, est la connexion internet.

Adam : < 21:17 > J'ai des amis qui ont des ados et pour les vacances, la première chose qu'ils demandent c'est : « On aura du Wi-Fi ».

Gaby : < 21:18 > J'ai l'impression que le vibreur est devenu une fonction essentielle à l'utilisation du smartphone.

À tel point que j'ai trouvé un nouveau nom à ces messages, les « vibros ».

Adam : < 21:19 > Pourquoi, les vibros ?

Gaby : < 21:20 > La contraction de vibreur et texto, le vibro.

Adam : < 21:21 > Moi aussi je mets le vibreur le soir afin de ne pas déranger mes enfants.

Gaby : < 21:22 > Alors toi aussi tu es un adepte du vibro.

Adam : < 21:22 > Pas toi ?

Gaby : < 21:23 > Moi aussi, le soir je vibrote quand je reçois tes messages

Adam : < 21:24 > Hihi. J'aime tes vibros et il m'arrive même le soir de l'entendre vibrer et souhaiter que ce soit toi.

Gaby : < 21:25 > Tu es devenu accro hihi

Adam : < 21:26 > Oui. J'espère ne jamais être en manque et qu'on pourra vibroter encore longtemps ensemble. :)

Gaby : < 21:27 > Je vais devoir te laisser.

Adam : < 21:28 > Très bien. À demain

Gaby : < 21:28 > À demain

Carl Rodrigues

15. 11 août

Adam : < 21:00 > Joyeux moisniversaire !!!

Gaby : < 21:01 > Lol

Gaby : < 21:01 > Joyeux monthlybirthday

Adam : < 21:02 > Je préfère le mien ;)

Déjà un mois !!!

Gaby : < 21:03 > Tu fais ta fille, tu comptes… Comme c'est mignon

C'est à peine croyable !

J'ai l'impression qu'on se connaît depuis toujours… Et pourtant cela ne fait qu'un tout petit mois !

Adam : < 21:04 > Lol

C'est en regardant mes messages que je m'en suis aperçu et j'ai eu la même réflexion que toi, la dernière ;)

Gaby : < 21:05 > Tu crois qu'on va tenir longtemps ?

Adam : < 21:06 > Si cela ne tenait qu'à moi toute la vie hihi

Et pour toi ?

Gaby : < 21:07 > Je préfère ne pas y penser. On est bien comme ça non ?

…

Adam : < 21:08 > Le premier soir, maintenant je peux bien te l'avouer, tu m'as carrément fait flipper !!!

Gaby : < 21:09 > Je veux bien le croire, mais c'était totalement involontaire. Comment voulais-tu que je sache ?

Adam : < 21:10 > Non c'est sûr, il n'y avait aucune chance… Mais tu t'y es bien pris. ;)

Gaby : < 21:11 > J'aurai bien voulu t'y voir à ma place !

Adam : < 21:12 > Je pense que c'est quand même moi qui avais la plus mauvaise place…

Gaby : < 21:13 > Ce n'est pas ce que j'ai voulu dire et tu le sais…

Adam : < 21:14 > Je te taquine, rien de plus. Je tenais à te remercier ce soir. Avec ton aide, j'ai pu sortir d'un moment très difficile de ma vie, ce n'est pas fini, mais je pense enfin voir le bout du tunnel…

Je ne suis pas guéri et peut-être ne souhaiterai-je jamais l'être complètement. Mais grâce à toi et à tes conseils je sais qu'il y a une vie sans elle, différente sans aucun doute, mais une vie…

Merci Gaby.

Gaby : < 21:15 > Tu vas me faire pleurer…

Adam : < 21:16 > Non surtout pas, je suis juste sincère.

Gaby : < 21:17 > Et maintenant que ce cap est passé, tu n'as plus besoin de moi ?

Adam : < 21:18 > Si, si, j'ai toujours besoin de toi et je compte bien réserver toutes tes soirées et cela pour les prochaines dix années hihi

Gaby : < 21:19 > Dix ans rien que ça…

Adam : < 21:20 > Tu trouves que c'est trop ou pas assez ?

Gaby : < 21:21 > En tant que femme, je te dirai que ce n'est jamais assez, mais ne nous donnons pas d'objectifs. Cela fait un mois seulement et tu penses déjà 10 ans… Vous les hommes…

Adam : < 21:22 > Eh bien oui, nous les hommes, si on s'emballe si vite c'est bien parce que vous savez vous y prendre hihi

Gaby : < 21:23 > Lol. Et tes enfants vont bien ?

Adam : < 21:24 > Oui, ils sont couchés et dorment comme des loirs.

Gaby : < 21:25 > Tu as pris de l'avance comme je te l'ai conseillé sur les lessives et le repassage ?

Adam : < 21:26 > Oui et oui. On dirait ma mère…

Gaby : < 21:27 > Je ne la connais pas, mais je dirai que c'est sûrement une bonne personne

Adam : < 21:28 > Tu en es bien sûr ?

Gaby : < 21:28 > Pourquoi ?

Adam : < 21:29 > Parce qu'elle a encore insisté pour que je vienne dîner chez eux…

Gaby : < 21:30 > Et alors ? Cela te ferait du bien à toi et aux enfants de sortir un peu.

Adam : < 21:30 > Oui, mais il y a un mais…

Gaby : < 21:31 > Ce que tu peux être énervant… à toujours tourner autour du pot… Viens-en au fait !!!

Adam : < 21:31 > Madame s'impatiente.

Gaby : < 21:32 > Madame a eu une dure journée et commence à s'endormir…

Adam : < 21:33 > Bon très bien. Le, mais c'est qu'ils ont également invité une autre personne…

Gaby : < 21:33 > Super non ?

Et il y aura combien de convives en tout ?

Ça me donnera une idée de l'heure à laquelle je vais me coucher ce soir, vu la vitesse à laquelle tu réponds ;)

Adam : < 21:34 > hihi. Ils veulent que je dîne chez eux avec une de leur connaissance, une certaine Ashley qui a perdu son mari l'année dernière.

Son mari est décédé d'un cancer foudroyant des poumons après un an de traitement. Elle vit seule avec une fille de l'âge d'Amanda.

Gaby : < 21:35 > Je vais me répéter… C'est très bien que tu voies d'autres personnes et tes parents ont l'air du même avis que moi.

Adam : < 21:36 > Mais je te vois, toi déjà. Je ne suis pas seul !!!

Gaby : < 21:36 > Je voulais dire une personne physique !!! Pas une amie virtuelle comme moi

Adam : < 21:37 > Et tu ne trouves pas ça bizarre ?

Gaby : < 21:38 > Que tes parents qui t'aiment, essaient de te sortir de chez toi non !!

Adam : < 21:39 > Sérieux !!! C'est comme le nez au milieu de la figure !!

Gaby : < 21:39 > Mais quoi donc !!!

Adam : < 21:40 > Mes parents m'ont organisé un date !!!!!

Gaby : < 21:40 > Ha ha ha.

Peut-être que c'est pour lui remonter le moral à elle qu'ils font cela. Et puis si cela avait été un rendez-vous, tu ne crois pas qu'ils se seraient arrangés pour que vous vous voyiez seuls.

Adam : < 21:41 > Tu marques un point. Tu vois, c'est pour ça que j'aime discuter avec toi ;)

Donc tu ne penses pas que c'est un guet-apens ?

Gaby : < 21:42 > Non

Adam : < 21:43 > Très bien, ça me rassure un peu et je pense que je vais accepter l'invitation.

Gaby : < 21:44 > Tu sais, elle ne va pas te sauter dessus pendant le repas, tu n'es pas irrésistible.

Au pire, tu auras tes parents pour te défendre.

Adam : < 21:45 > Très drôle, vraiment très drôle… je suis mort de rire, là tu vois.

Gaby : < 21:46 > Tu me raconteras ?

Adam : < 21:46 > Ça dépend…

Gaby : < 21:47 > Je croyais qu'on était ami et les amis se disent tout non ?

Adam : < 21:48 > Disons que si elle me saute dessus… ben je ne te raconterai pas hihi

Gaby : < 21:49 > Donc tu me raconteras ;)

Adam : < 21:49 > Il y a des chances puisque je te dis tout…

Tu ne me feras pas de scène de jalousie au moins ?

Gaby : < 21:50 > Je devrai pouvoir survivre, ne t'inquiète pas trop pour moi ;)

Et tu penses que ce dîner aura lieu quand ?

Adam : < 21:51 > Je pense que samedi soir prochain est une date probable, vu qu'ils m'en parlent depuis 15 jours déjà.

Gaby : < 21:52 > Donc débriefing dimanche soir. Je compte sur toi pour avoir tous les détails. ;)

Je veux tout savoir…

Adam : < 21:53 > Quelle curieuse tu fais. Si ça se trouve, je n'aurai rien à te raconter…

Gaby : < 21:54 > Mon petit doigt me dit le contraire…

Adam : < 21:55 > Si maintenant ton petit doigt te parle… C'est louche… Tu n'es pas dans un asile au moins ?

Avec ma chance, je suis tombé sur la seule psychopathe au monde qui tue par message !!!!

Gaby : < 21:56 > hihi Non je ne suis pas une psychopathe du message. Et non, je ne suis pas non plus dans un asile… Quoique des fois je me demande hihihi

Je te laisse pour ce soir Adam

Bonne nuit, dors bien.

Adam : < 21:57 > Bonne nuit Gaby et fais de beaux rêves ;)

Gaby : < 21:58 > Merci, toi aussi. À demain.

Adam : < 21:58 > À demain.

16. Dimanche soir

Gaby : < 21:00 > Alors ce repas ?

Adam : < 21:01 > Coucou. Alors je n'ai même pas le droit à un bonsoir, coucou ou salut ?

Gaby : < 21:01 > Bonsoir, coucou, salut. Alors ? !!!!

Adam : < 21:01 > On a dîné.

Gaby : < 21:02 > Viol ou pas viol ?

Adam : < 21:02 > Lol. Non pas de viol.

Gaby : < 21:02 > Et cette Ashley ?

Adam : < 21:03 > Assez surpris, tout le contraire de ce que je pensais.

Gaby : < 21:03 > C'est-à-dire ?

Adam : < 21:03 > Évidemment, on a parlé de nos malheurs respectifs, mais à ma grande surprise, elle ne s'y est pas attardée et l'on a pu parler de pleins d'autres choses. Pourtant avec son défunt mari, mort d'un cancer des poumons, après un an de souffrance… ma femme décédée dans un accident de la route. Tu avoueras qu'il n'y a rien de mieux pour débuter et mettre l'ambiance…

Gaby : < 21:04 > Cancer des poumons… Je connais… Quelqu'un de proche en est atteint, ce n'est pas beau du tout et généralement quand les métastases migrent vers le cerveau… C'est la fin…

Elle se demandait si cela valait le coup de suivre un traitement, vivre plus longtemps sous sédatifs, ou bien ne rien tenter du tout, mais rester elle-même jusqu'à la fin.

Adam : < 21:05 > Je ne sais pas comment je réagirai dans cette situation… Je suppose que je souhaiterai être le plus longtemps possible avec mes proches.

Gaby : < 21:06 > En général ce sont les proches qui poussent au traitement, mais ce ne sont pas eux qui doivent affronter les souffrances…

Je pense que c'est au patient de choisir.

Mais là n'est pas la question, de quoi d'autre avez-vous parlé ?

Adam : < 21:07 > Tu as raison, c'est au patient seul de décider. Et la famille devrait soutenir sa décision, mais c'est tellement dur de voir partir un être cher…

Si cela avait été Gaby, je ne sais pas si…

Gaby : < 21:08 > Bon, ça suffit, désolée d'avoir plombé l'ambiance !!

Allez soyons plus joyeux et ces autres discussions, je suis curieuse, je veux savoir ?

Adam : < 21:09 > Eh bien. Tiens-toi bien, on a pas mal de choses en commun…

Gaby : < 21:10 > Comme ?

Adam : < 21:10 > Comme la technologie, le cinéma, l'informatique. C'est une véritable Geek

Gaby : < 21:11 > Ha c'est ça, qui t'a plu en premier chez elle… !!! Mais elle est comment physiquement ?

Adam : < 21:12 > Le physique ne compte pas.

Gaby : < 21:12 > Adam !!!!

Adam : < 21:13 > D'accord. Physiquement, elle est plutôt jolie, pas trop grande, je dirai 1m70, cheveux châtains et avec de superbes yeux verts.

Gaby : < 21:14 > Plutôt pas mal, non ?

Adam : < 21:14 > Oui, elle est plutôt pas mal.

Gaby : < 21:15 > Et vous avez parlé uniquement de nouvelles technologies ?

Adam : < 21:16 > Non, bien sûr on a beaucoup parlé de nos enfants. Et puis c'est vrai, que même si c'est une femme et moi un homme, nous sommes passés depuis la disparition de nos conjoints par les mêmes épreuves… Et puis mes déboires avec les tâches ménagères l'ont beaucoup fait rire.

Gaby : < 21:17 > Tu lui as dit que tu étais un expert en chemises hihi. Bon d'accord, elle a l'air rigolote, elle te plaît physiquement, et son caractère ?

Adam : < 21:18 > Je m'attendais à rencontrer quelqu'un de triste et j'ai vu tout le contraire. C'est vraiment une personne drôle, très drôle et ça fait un bien fou de rire à nouveau…

Gaby : < 21:19 > Je ne te fais pas rire moi ?

Adam : < 21:20 > Si, tu sais bien que tu me fais rire, mais tu veux rester virtuelle.

Quand je t'écris quelque chose de drôle, je t'imagine derrière ton écran sourire ou même rire, mais cela reste abstrait et moi j'ai besoin dans ma vie d'avoir du concret…

Et toi, tu t'obstines à me refuser tout ça. Pourquoi ?

Gaby : < 21:21 > On en a déjà discuté Adam, ce n'est pas facile crois-moi, c'est juste que ça n'est pas possible !!

Adam : < 21:22 > Tu me diras un jour, pourquoi ce n'est pas possible ?

Gaby : < 21:23 > Oui, je te le dirai… Mais ce sera alors mon dernier message…

Adam : < 21:24 > Très bien. Tu sais comment mettre l'ambiance ce soir !

Gaby : < 21:25 > Je ne fais que répondre à ta question. Tu penses que tu lui as plu ?

Adam : < 21:26 > Je crois. On a prévu de sortir ensemble un soir de cette semaine alors…

Gaby : < 21:27 > C'est elle qui a eu l'idée ou toi ?

Adam : < 21:28 > C'est-elle… Je n'ai pas beaucoup réfléchi et j'ai dit oui.

Je n'aurai pas dû ? Tu penses que c'est trop tôt ?

Gaby : < 21:29 > Pas du tout, au contraire, tu as bien fait. Cela vous fera du bien à tous les deux.

Mais méfie-toi… Je pense que tu as affaire à une rapide hihi

Fais attention à ne pas te faire violer hihi

Adam : < 21:30 > On se voit en ami ;). Et je pense que c'est trop tôt, aussi bien pour moi que pour elle…

Gaby : < 21:31 > Et cette sauterie est prévue pour quand ?

Adam : < 21:32 > Cette « sortie » est prévue pour après-demain soir

…

Adam : < 21:34 > Tu sais en rentrant de ce dîner avec mes parents… Dans la voiture… Je ne pouvais m'empêcher de penser : « Et si ça avait été toi ? »

Je te connais bien, je crois maintenant, et ce sans jamais t'avoir vue…

Mais il me manque quelque chose, et ce quelque chose c'est une image de toi. Je n'arrive pas à te visualiser et ça me rend fou !!

Gaby : < 21:35 > Tu aimerais savoir à quoi je ressemble ?

Adam : < 21:36 > Ne joue pas avec moi… Je sais très bien que je ne le saurai jamais !!!

Gaby : < 21:37 > Très bien, j'allais te donner un indice, mais si tu ne veux pas…

Adam : < 21:38 > Quel genre d'indice ?

Gaby : < 21:38 > Si je te disais, que souvent on dit de moi, que je ressemble à une certaine actrice de cinéma…

Cela t'aiderait-il à me visualiser ?

Adam : < 21:39 > J'espère que tu ne te moques pas encore de moi, ça ne me ferait pas rire…

Gaby : < 21:40 > Non, je ne moque pas de toi. Voilà on dit souvent que je ressemble à Audrey Hepburn.

Adam : < 21:41 > C'est vrai ? Où t'amuses-tu encore ?

Je regarde…

Gaby : < 21:42 > C'est la pure vérité, je te dis !!!! Et ne me dis pas maintenant qu'elle ne te plaît pas hihihi

Gaby : < 21:43 > Alors !!!

Gaby : < 21:43 > Que tu peux être lent !!!!

Gaby : < 21:44 > ADAM !!!

Adam : < 21:44 > Oui, c'est pourquoi ?

Gaby : < 21:45 > Tu m'énerves, tu le sais ça !

Adam : < 21:45 > Hihi. Je la trouve très jolie surtout à sa jeune époque !!

Elle a un petit air espiègle qui me plaît bien, et surtout quelle classe et quelle élégance.

Mais dis-moi tu lui ressembles avec les cheveux courts ou longs ?

Gaby : < 21:46 > À ton avis ?

Adam : < 21:46 > Je dirai long

Gaby : < 21:47 > Perdu ;)

Adam : < 21:47 > T'as les cheveux à la garçonne ?

Gaby : < 21:48 > Tu n'aimes pas ?

Adam : < 21:48 > Comment ne pas aimer !!!

J'ai aussi les cheveux courts !!

Ça nous fait un point en commun, mais j'espère que physiquement ça s'arrête là

Gaby : < 21:49 > T'es bête !!!

Adam : < 21:50 > C'est pour ça que tu m'aimes bien non ?

Gaby : < 21:51 > Que veux-tu, j'ai toujours eu un faible pour les simples d'esprit et les maladroits :)

Adam : < 21:52 > Un faible, ça veut dire que tu m'aimes bien ?

Gaby : < 21:53 > Ça veut dire que je te supporte. Et qu'il est temps d'aller te reposer, car tu vas avoir besoin de toutes tes forces pour ton prochain rendez-vous. Même si celui-ci n'est que dans deux jours.

Adam : < 21:54 > Reposer, je suis jeune et en pleine forme ;)

Je n'ai pas besoin de préparation, je suis au top !!!

Je ne sais pas qui tu côtoies d'habitude, mais en tout cas pas les bons :)

Ou Tu cherches à te débarrasser de moi, il est encore tôt pourtant.

Gaby : < 21:55 > Monsieur, je suis au top. Eh bien, Madame n'est pas au top elle, et elle a besoin d'un repos bien mérité.

Bonne nuit Monsieur Top

Adam : < 21:56 > Tu es, toujours fatiguée !!

Puisqu'il le faut… Bonne nuit Madame pas au top.

Gaby : < 21:57 > Hihi

17. La veille

Gaby : < 21:00 > Coucou. Bien dormi ?

Adam : < 21:00 > Coucou. Très bien et toi ?

Gaby : < 21:01 > Bien merci. Alors pas trop stressé pour demain soir ? Tu as eu de ses nouvelles ?

Adam : < 21:02 > Non et Non. Tu es bien curieuse, dis-moi. :)

Gaby : < 21:03 > Oui, il paraîtrait que je possède ce défaut, mais qui pour moi ne l'est pas tant que ça hihi

Adam : < 21:04 > Tu en as d'autres ?

Gaby : < 21:04 > Pleins !! Et toi ?

Adam : < 21:05 > Moi non, je suis un saint, donc sans défaut, prévenant et galant avec les dames.

Gaby : < 21:06 > Galant… Tu es sûr ?

Adam : < 21:06 > Tu mettrais en doute ma galanterie ?

Gaby : < 21:07 > Ashley, tu lui as fait le baise-main ou tu lui as fait la bise ?

Adam : < 21:08 > Qui de nos jours fait encore le baise-main. On s'est serré la main à la présentation et l'on s'est fait la bise pour se dire au revoir. Si tu veux tout savoir.

Gaby : < 21:09 > Et donc pour toi, biser le premier soir, c'est être galant.

Adam : < 21:10 > Lol

Adam : < 21:10 > Dis comme ça, c'est sûr que ça ne fait pas très glamour hihi

Que veux-tu, je dois être un homme facile :)

Gaby : < 21:11 > Biser une inconnue… Ne cherche pas tu es un homme facile hihi

Adam : < 21:12 > :) Et toi tu aimes être bisé ?

Gaby : < 21:12 > Ça dépend par qui… et puis il y a la manière… On n'y pense pas assez

Adam : < 21:13 > Je ne voyais pas ça de manière si compliqué…

Si tu te poses autant de questions, c'est que tu es mal bisé ?

Gaby : < 21:14 > Non mais, je ne te permets pas.

Adam : < 21:14 > Tu l'as bien cherché

Alors dis-moi, comment aimes-tu être bisé ?

Gaby : < 21:15 > Ne t'emballe pas

Oui je maintiens c'est très compliqué, plus que tu ne crois…

Tout d'abord, il y a plusieurs façons de faire la bise.

Les dégoûtés : ceux qui n'aiment pas le contact, qui font un bruit grotesque avec leurs lèvres afin que tu saches quand passer de l'autre côté et cela sans te toucher.

Les mitigés : d'anciens dégoûtés, mais pas que, pour faire simple ceux qui ne veulent pas prendre de risque et ne touchent qu'avec les joues.

Les amoureux de la bise : ceux-là vont au contact, joue et coin des lèvres

Dernière catégorie, les pervers : ceux qui veulent vous laisser une trace de leur passage. Ils vous laissent avec les deux joues bien humides à croire qu'il sorte la langue !!!!

Et encore, je n'ai pas abordé le sujet du nombre de bises, ni qui fait le premier pas…

Et toi, tu trouves que ce n'est pas compliqué !

C'est très compliqué et l'on peut même en apprendre sur les personnes.

Adam : < 21:17 > Je ne te remercie pas, avant cela me paraissait simple. Maintenant, je ne saurai plus quoi faire, je pense que je vais rester pétrifié. Merci

Gaby : < 21:17 > De rien hihi

Et avec Ashley qui a fait le premier pas et combien de bises ?

Adam : < 21:18 > Elle, quatre bises

Gaby : < 21:18 > Hum…

Adam : < 21:18 > Hum quoi ?

Gaby : < 21:19 > Hum rien.

Adam : < 21:19 > Ha non, tu ne vas pas t'en sortir comme ça, je veux savoir

Gaby : < 21:20 > Comme elle a fait le premier pas, ça doit être quelqu'un de volontaire et qui sait ce qu'elle veut.

Adam : < 21:21 > Et pour le nombre ?

Gaby : < 21:21 > Ce qu'elle veut c'est toi hihi

Adam : < 21:22 > C'est du n'importe quoi !!

Gaby : < 21:22 > Oui hihi

Adam : < 21:23 > Tu me fais bien rire. On ne s'ennuie pas avec toi tu sais.

Et tu préfères comment ? On ne sait jamais si un jour on se rencontre ;). Je voudrai, ne pas te décevoir. ;)

Gaby : < 21:24 > Je ne suis pas quelqu'un qui recherche le contact. Je te vois venir derrière ton écran… Je choisis les personnes qui y ont droit ;).

Je préfère quand je ne connais pas, la poignée de main.

Voilà tu sais tout.

Adam : < 21:25 > Mais tu me connais, alors…

Gaby : < 21:26 > C'est à toi de deviner, je ne vais pas tout te mâcher

Faut le faire comme tu le sens, mais un conseil, évite le mode pervers hihi

Adam : < 21:27 > Je te comprends, c'est un moment étrange, le moment où l'on doit dire bonjour à des gens qu'on ne connaît pas. On s'approche et puis on attend un signe de l'autre, une main qui bouge et l'on se serre la main. Pas de signe, on continue de s'approcher, on tend la joue, on fait une première bise, ensuite c'est la loterie pour savoir si l'on doit s'arrêter ou bien continuer hihi

Que c'est difficile et puis il y a aussi les dilemmes… si je fais la bise une première fois, je serai obligé de le faire à chaque fois par la suite.

On prend alors perpète !! Faut faire le bon choix hihi

Tu as raison, mais pourquoi on se complique tant la vie ?

Gaby : < 21:28 > Je te propose, si un jour on se rencontre, qu'on se fasse un smack et pour le nombre, je dirai : un

Adam : < 21:29 > Vendu, pour un beau gros smack sur la bouche

Gaby : < 21:30 > Je n'ai pas dit où et toi tout de suite sur la bouche, tu es décidément un homme facile.

Et si je ne te plaisais pas ?

Adam : < 21:31 > Je suis déjà amoureux de ton esprit et il en faudrait beaucoup pour que je sois déçu par ton physique.

Gaby : < 21:32 > C'est gentil Adam.

Comme ça tu es amoureux ? hihi

Cela fait bien longtemps, que je n'ai pas eu, un si beau compliment…

Adam : < 21:33 > De ton esprit ;).

Gaby : < 21:33 > En tout cas, j'espère que cela se passera bien demain avec Ashley et qu'elle sera très bien bisée ;).

Adam : < 21:34 > Merci de penser à elle. En tout cas jusqu'à maintenant personne ne sait jamais plaint

Gaby : < 21:35 > Cela ne veut pas dire qu'elles ont été satisfaites… : P

Tu t'attends à quoi demain ?

Adam : < 21:36 > Sympas ! À rien. Comme ça, je ne serai pas déçu.

Gaby : < 21:37 > Facile et pas exigeant le Monsieur hihi

Sérieusement ?

Adam : < 21:38 > Sérieusement, à passer un moment convivial entre deux adultes qui ont beaucoup souffert et qui ne demandent qu'un peu de répit.

Et puis, surtout j'espère que le repas sera bon ;).

Gaby : < 21:39 > Et qui sait, un premier rendez-vous qui peut se finir par une belle rencontre…

Adam : < 21:40 > Je ne pense pas

Gaby : < 21:40 > Pourquoi ?

Adam : < 21:41 > Ça m'a l'air compliqué

Gaby : < 21:41 > En quoi c'est compliqué ?

Adam : < 21:42 > Elle a un enfant…

Gaby : < 21:42 > Et cela te pose un problème, mais tu sais ce n'est pas une tare… Tu en as bien deux !!

Adam : < 21:43 > :) Non ce n'est pas une tare, mais pour une première aventure, je ne souhaite blesser personne et surtout pas un enfant.

Tu comprends ?

Gaby : < 21:44 > Je comprends, mais vous pouvez très bien vous fréquenter sans que les enfants soient au courant, au moins dans un premier temps.

Adam : < 21:45 > Cela veut dire se cacher !

Gaby : < 21:46 > Quelle différence avec une célibataire ? Tes enfants pourraient très bien s'attacher à elle, et si elle partait, ils seraient tout aussi tristes…

Tu te prends trop la tête !!!!

Vas-y fonce, je te dis hihihi

Amuse-toi, la vie est courte…

Adam : < 21:47 > Oui, sans doute, je réfléchis trop, je devrais être plus spontané. Et puis comment aller à l'encontre de ma Muse… hihi

Tu m'as convaincu. T'es contente ?

Gaby : < 21:48 > Je ne veux pas te convaincre !!!

Tu ne joues pas ta vie sur ce rendez-vous !!!

C'est un premier pas pour toi, et tu appréhendes… Normal

Je te dis juste « ne réfléchis pas trop, laisse-toi aller, arrête de penser aux autres et pense à toi »

Adam : < 21:49 > Merci

Gaby : < 21:49 > De quoi ?

Adam : < 21:50 > D'être là, d'être toi.

Gaby : < 21:50 > Sans toi, je ne serai peut-être pas cet être-là non plus.

Adam : < 21:51 > Que c'est beau…

Tu pleures ?

Gaby : < 21:51 > Non !!!

Adam : < 21:52 > Même pas une petite larme ?

Gaby : < 21:53 > Non, je te dis, mais je suis sûr que toi oui. Tu es un sensible. Je l'ai tout de suite deviné

Adam : < 21:54 > Me voilà percé à jour

Gaby : < 21:54 > Je vais te laisser prendre des forces pour demain. Je sens qu'avec Ashley, il va y avoir du sport.

Je sens en elle un gros potentiel hihi

Adam : < 21:55 > Tu te trompes, le gros potentiel c'est moi ;)

Gaby : < 21:56 > Hihi. Bonne nuit, Monsieur le vantard, et à après-demain sans faute avec tous les détails croustillants ;)

Adam : < 21:57 > Mais à quels genres de détails croustillants, t'attends-tu à avoir ?

Gaby : < 21:58 > J'ai beaucoup d'imagination…

Bonne nuit, Monsieur le vantard

Adam : < 21:59 > Je n'en doute pas ;)

Carl Rodrigues

Bonne nuit, Madame la curieuse :)

18. Le repas

Gaby : < 20:59 > Coucou

Adam : < 21:01 > Coucou, comment ça va ?

Gaby : < 21:02 > Bien. Alors hier soir, je suis impatiente, raconte-moi.

Adam : < 21:03 > Je vois que ce soir je n'aurai pas droit aux habituels préliminaires. Tu as décidé d'aller droit au but.

Gaby : < 21:03 > Lol.

Et toi, comme d'habitude, lent au démarrage

Alors !!!

Adam : < 21:04 > Je t'avais dit que c'était-elle qui m'avait invité ?

Gaby : < 21:04 > Non, tu me caches des choses maintenant ;)

Pourquoi ? Tu es tombé dans un guet-apens ?

Adam : < 21:05 > Comment veux-tu que je te raconte, si tu n'arrêtes pas de me poser des questions

Alors je raconte ou je réponds ? Faut choisir hein hihi

Gaby : < 21:06 > D'accord, j'arrête de te poser des questions, mais accélère…

S'il te plaît. Ça fait deux jours que j'attends alors…

Adam : < 21:07 > Bon tout d'abord, c'est elle qui m'a invité et elle devait passer me prendre chez moi. Les enfants restant chez mes parents pour la nuit.

Nous devions dîner, du moins je le pensais dans un de ces restaurants du centre-ville.

Gaby : < 21:08 > Et ?

Adam : < 21:08 > Et, j'y viens, mais tu vas m'interrompre comme ça tout le temps ? hihi

Gaby : < 21:09 > C'est moche ce que tu fais là… je ne mérite pas ça…

Adam : < 21:10 > J'essaye de placer le contexte et de te décrire la soirée du mieux que je peux.

Ne te fâche pas.

Gaby : < 21:11 > D'accord, mais viens-en aux faits et arrête de me reprendre… Sinon c'est une certitude. Tu vas finir cette soirée tout seul ;-)

Adam : < 21:12 > Très bien Madame la susceptible

Elle est donc passée me prendre en voiture devant chez moi vers 20h30 comme convenu, mais finalement nous ne nous sommes pas du tout retrouvés au centre-ville…

Gaby : < 21:13 > Surprise… et ça dès le premier rendez-vous, bravo !

Laisse-moi deviner le menu…

Entrée : Bises à tout-va.

Plat : Pique-nique surprise en extérieur.

Dessert : Bain de minuit hihi

Adam : < 21:14 > C'est plus fort que toi hein, il faut que tu te moques hihi

En effet, tu as tout deviné, à croire que tu es dans ma tête

Gaby : < 21:15 > Sérieusement où vous êtes-vous retrouvés ?

Adam : < 21:16 > Devant un restaurant gastronomique, cinq étoiles rien que ça…

Gaby : < 21:17 > A quand même, elle a décidé de mettre le paquet

Elle te veut, elle te veut, elle t'aura hihihi

Adam : < 21:18 > Lol

Que tu es bête, ou bien un peu jalouse ?

Gaby : < 21:19 > Jalouse de quoi ? De qui ?

Figure-toi, que j'ai déjà dîné dans ce genre de restaurant moi !!

Adam : < 21:20 > Enfin une info sur toi !!

Gaby : < 21:21 > Je dois avouer que tu m'as bien eu sur ce coup-là.

Mais ne nous égarons pas et revenons à nos moutons, je veux savoir si tous ces efforts ont payé et si tu as fini à la casserole.

Adam : < 21:22 > Elle m'a en effet cuisiné pendant le repas.

Gaby : < 21:23 > On parlera plus tard, je suppose de ton état de cuisson, mais pour le moment, si tu pouvais revenir à la narration

Adam : < 21:24 > :). On s'est donc arrêté devant l'entrée et un voiturier est venu prendre la voiture. Sur le seuil du restaurant, elle a remarqué mon regard apeuré et m'a dit que normalement tout le monde en ressortait vivant !!

Cela a eu pour effet de me détendre et l'on est entré.

Gaby : < 21:25 > En même temps c'est elle qui t'avait placé dans cette situation… Alors le moins qu'elle puisse faire c'est de te mettre à l'aise.

Adam : < 21:26 > Oui, mais tu avoueras qu'elle l'a fait avec un certain humour et puis dans son esprit elle pensait me faire plaisir.

Quel intérêt aurait-elle de me mettre mal à l'aise. Rien ne l'obligeait à m'inviter.

Gaby : < 21:27 > Désolée, si je t'ai froissé ce n'était pas mon but.

Ça coûte très cher, ce genre de restaurant… Ashley a les moyens ?

Adam : < 21:28 > J'ai oublié de te préciser que la famille d'Ashley fait partie de la haute noblesse. Ses ancêtres remontent à Louis XV rien que ça.

Gaby : < 21:29 > Tu m'as encore caché des choses, décidément…

Adam : < 21:30 > Alors non, je ne t'ai rien caché, car je ne le savais pas. Mes parents me l'avaient caché de peur que je ne vienne pas au repas.

Je ne l'ai su qu'hier soir, quand je l'ai interrogé sur l'établissement et les prix prohibitifs qu'ils devaient pratiquer.

C'est à ce moment-là, qu'elle m'a dit qui elle était vraiment, et de ne pas m'en faire pour l'addition, car j'étais son invité.

Gaby : < 21:31 > Ça a dû te faire un choc, première sortie et te voilà avec une princesse…

Princesse Ashley et prince Adam, ça sonne bien hihi

Mais comment tes parents qui ne sont pas de ce même milieu, ont-ils pu la rencontrer ?

Adam : < 21:32 > Lol. Ce que tu peux être moqueuse… sûre de ne pas être un peu jalouse ?

Gaby : < 21:33 > Moi jalouse, non. Je ne voulais pas te le dire avant, car je ne savais pas comment tu réagirais, mais vu la situation…

Voilà, moi aussi je suis une princesse hihi

Adam : < 21:34 > Très drôle, vraiment très drôle !!!

Tu es en forme ce soir !!!

C'est facile de se moquer de la vie des autres, Madame je ne raconte rien de ma vie : P

Gaby : < 21:35 > Heureusement que tu n'as pas décidé de te mettre à l'écriture…

Adam : < 21:36 > Je sens que je vais regretter cette question… Pourquoi ?

Gaby : < 21:37 > Si tu te mettais à écrire un roman, la préface ferait 300 pages et l'intrigue seulement 50.

Tu te rends compte que cela fait déjà 20 minutes que nous discutons et tu n'as toujours pas franchi cette fichue porte !!!!

Adam : < 21:38 > Lol. Tu es tombé sur le roi des préliminaires

Et tu es la première à te plaindre !!!

Gaby : < 21:39 > Hihi

Il en faut, c'est certain, mais là… C'est trop… Écoute le conseil d'une amie. ;)

Adam : < 21:40 > Je continue?

Gaby : < 21:40 > Oui, ne t'arrête surtout pas, je sens que ça vient hihi

Adam : < 21:41 > :). Je lui ai donc posé la question : « comment as-tu rencontré mes parents ? »

Et la réponse est : mes parents qui sont retraités s'occupent d'une association de bienfaisance et la famille d'Ashley fait partie des donateurs de la fondation.

Depuis la mort de son mari, Ashley s'est beaucoup investie dans la fondation et a sympathisé avec ma mère.

Tu es heureuse, les préliminaires sont finis.

Gaby : < 21:42 > Yesss hihihi

Je comprends mieux maintenant, mais une question me vient, tu avais déjà mangé dans un restaurant gastronomique ?

Adam : < 21:43 > Non, jamais. Je n'étais pas non plus habillé pour l'occasion et puis moi et les bonnes manières…

D'ailleurs une fois entré ;), un homme est venu nous accueillir, il me regardait froidement comme quelqu'un qui s'était trompé d'endroit. Après m'avoir scanné de haut en bas, il eut un sourire quand il reconnut Ashley, il m'a tout de même fait la réflexion que je ne portais pas de cravate…

Elle lui a alors dit que c'était de sa faute et que je n'avais été prévenu qu'au dernier moment. Ils ont dû me prêter une cravate, tu imagines…

Gaby : < 21:44 > Ashley était habillée comment ?

Adam : < 21:45 > Elle était vêtue d'une veste en cuir noir et en dessous une petite robe noire à une seule bretelle. Avec son chignon et ses talons hauts, c'était la classe.

Gaby : < 21:46 > Et toi ?

Adam : < 21:46 > Moi, la honte hihi.

Je portais un jean avec une chemise blanche très simple et une veste imitation laine sans parler de mes chaussures, celles que je mets tous les jours…

La misère, je te dis hihi

Gaby : < 21:47 > Tu me fais rire, je t'imagine bien la.

Et ensuite ?

Adam : < 21:48 > Le reste du repas, ben c'est simple, je suivais ses conseils du mieux que je pouvais et je peux te dire qu'elle a été super.

À peine assise, elle nous a commandé deux coupes de champagne. Quand elles sont arrivées, j'ai voulu trinquer, par un signe de la tête et dans un chuchotement, elle me fit comprendre que cela ne se faisait pas.

Puis avec un clin d'œil et un air malicieux, elle tendit sa coupe et me dit après tout on s'en fiche, allez on trinque.

La soirée était lancée…

Gaby : < 21:49 > Champagne, elle ne s'est pas moquée de toi. Elle cherchait à te saouler dès le début. ;)

Adam : < 21:50 > En tout cas, elle m'a conseillé pour la carte. C'est incroyable cette manie de compliquer le nom des plats…

L'intitulé est tellement long, qu'une fois arrivé à la fin, tu ne sais même plus de quoi ça parle hihi

Je peux dire qu'elle a fait un très bon choix

Ensuite, elle a choisi le vin avec le sommelier, la voir prendre son verre, le tourner délicatement, le sentir puis le goûter, cela avec des gestes précis et si naturels… Moi j'en aurai mis partout sur la table hihi

Je dois dire qu'elle a de très jolies mains

Gaby : < 21:51 > Elle t'a invité, choisi la carte et puis elle a payé. En clair, tu as fait la fille.

Adam : < 21:52 > Lol.

Oui, vu comme ça, j'ai fait la fille.

Crois-moi, quand tu regardes le personnel et que tu vois dans leur regard que tu n'as rien à faire là, c'est terrible…

Gaby : < 21:53 > Pas facile de faire la fille, tu es si délicat.

Elle t'a dorloté hihi

Adam : < 21:54 > En quelque sorte.

Je n'arrêtais pas de lui demander comment me tenir, ce qu'il fallait faire ou ne pas faire, je ne voulais pas qu'elle ait honte de moi tu comprends.

Tu savais qu'on ne devait jamais couper la salade ?

Ben moi, je ne savais pas, qu'on pouvait s'embêter à la rouler pour la manger !!!

Gaby : < 21:55 > Oui je savais, mais tu n'y es pas obligé, personne ne va venir te gronder hihi.

Du coup, pour toi la soirée a dû être difficile non ?

Adam : < 21:56 > Eh bien détrompe-toi, on s'est bien amusé, après un temps d'adaptation, j'ai su bien faire la fille ;).

Sérieusement, j'ai passé un très bon moment.

Je lui ai même dit que ça devait la changer de manger avec un prolétaire comme moi.

Gaby : < 21:57 > Et elle t'a répondu quoi ?

Adam : < 21:58 > Qu'elle en avait assez de côtoyer des personnes futiles, pour qui tout ce qui compte se sont les apparences.

Assez de cette manière, qu'elles ont de parler de chose grave en ayant toujours le sourire aux lèvres.

Assez de ce milieu, où tout le monde sait et commente ce que fait l'autre, où il est impossible d'avoir de vrais amis.

Elle m'a avoué aimer travailler dans l'association. Voir tous ces gens volontaires, donner aux autres sans rien attendre en retour, lui a ouvert l'esprit sur la futilité de sa vie ainsi que celle de sa famille.

Dans son milieu, on préfère offrir de l'argent pour se donner bonne conscience, mais on ne verra jamais l'un d'entre eux venir physiquement en aide aux nécessiteux.

C'est quelqu'un de bien Gaby

Gaby : < 21:59 > Tu as l'air sous le charme ?

Adam : < 22:00 > Peut-être.

On a en tout cas beaucoup ri, tout d'abord de mes maladresses et puis de mes références :)

Gaby : < 22:01 > A quelles références fais-tu allusion ?

Adam : < 22:02 > Attention c'est du lourd hihi

Pour les couverts, je me suis souvenu du film Pretty Woman, elle prenait les couverts de l'extérieur vers l'intérieur

Gaby : < 22:03 > Adam, prendre comme référence, une prostituée, même s'il s'agit d'un film culte, pour un premier rendez-vous avec une princesse, et cela dans le cadre d'un restaurant trois étoiles. Je dis bravo !!!

Adam : < 22:04 > On fait ce qu'on peut hihi

Gaby : < 22:04 > hihi

Adam : < 22:05 > Ensuite, je surveillais du coin de l'œil, le préposé aux miettes de pain comme je l'ai appelé.

Gaby : < 22:06 > Celui avec la balayette ?

Adam : < 22:06 > Je vois que Madame est une habituée.

Gaby : < 22:07 > J'ai réussi ma vie faut croire hihi

Adam : < 22:07 > Lol.

J'avais beau couper mon pain en petits morceaux, comme me l'avait conseillé Ashley, ce préposé était prêt à tout moment à sauter sur la moindre miette. Il me stressait tellement que j'ai fini par manger mes miettes.

Gaby : < 22:08 > Je suis sûre, qu'elle a apprécié le repas avec toi, cela devait la changer des autres fois.

Adam : < 22:09 > Oui au début, elle riait, mais arrivait à se contenir, mais plus le repas avançait plus cela devenait difficile pour elle.

Elle m'a avoué lors du retour en voiture, alors que je lui demandais si elle n'était pas trop déçue par ma prestation, avoir mal au ventre tellement elle avait ri.

Gaby : < 22:10 > Je pense que tu lui plais et que c'est réciproque non ?

Adam : < 22:11 > On s'est bien amusé, c'est vrai, j'ai ri moi aussi, autant qu'elle et cela fait du bien de se changer du quotidien…

Maintenant, je ne sais pas où cela peut nous mener…

Gaby : < 22:12 > Te voilà encore en train de te prendre la tête !

Vous avez passé un bon moment et vous pouvez encore en passer d'autres ou est le mal ?

Adam : < 22:13 > On n'est pas du même milieu…

Tu me vois au milieu de ces gens ?

Je n'en fais pas partie et je n'en ferai jamais partie. Car les gens comme moi ne seront jamais le bienvenu et elle, elle deviendra une paria.

Il n'y a pas d'avenir pour nous. Et cette soirée, le regard de ces personnes sur moi me l'a bien fait comprendre…

Gaby : < 22:14 > Tu me parles de milieu, de personnes, de manières, mais le plus important Adam, c'est que ressentez-vous l'un pour l'autre ?

Le reste est-il si important que ça ?

Elle a son mot à dire. Et si ça lui convient d'être une paria heureuse.

Adam : < 22:15 > Je ne sais pas, je ne sais plus.

…

Adam : < 22:17 > Tu te rends bien compte que si je vais de l'avant avec elle, je devrai te laisser filer ?

…

Gaby : < 22:20 > Bonne nuit Adam

…

Adam : < 22:22 > Bonne nuit Gaby

19. La rentrée

Gaby : < 21:01 > Coucou

…

Gaby : < 21:10 > Personne ce soir on dirait… tant pis

…

Adam : < 21:15 > Coucou, si je suis là !!!

…

Adam : < 21:17 > Je suis désolé pour le retard, mais avec la rentrée, les enfants étaient tout excités et ils ont eu du mal à s'endormir…

Ma petite Amanda surtout, elle était tellement contente, qu'elle ne voulait pas partir de l'école.

Tu te rends compte, il a fallu que la maîtresse vienne et lui explique que tous les enfants devaient rentrer chez eux. Et lui assurer qu'ils seraient tous là à nouveau demain.

Gaby : < 21:18 > Que c'est mignon. Et ils sont en quelle classe tes enfants ?

Adam : < 21:19 > Amanda est rentrée en première année de maternelle et Billy au CP.

Gaby : < 21:20 > Deux classes importantes, surtout pour Billy, à la fin de l'année il saura lire et écrire.

Adam : < 21:21 > Détrompe toi, Billy c'est déjà un peu écrire. À la maternelle, ils commencent déjà l'écriture. Par contre, il sait déjà très bien lire.

Gaby : < 21:21 > Comment ça, il sait déjà lire ?

Adam : < 21:22 > Billy est un enfant précoce, il était en constante demande sur les livres que nous lui achetions.

Alors sa maman lui a appris les rudiments de la lecture, et depuis quelque temps, il lit lui-même ces livres.

Gaby en était très fière…

Gaby : < 21:23 > Je suis impressionnée et par Billy et par sa maman.

Tout c'est bien déroulé pour cette première rentrée ?

Adam : < 21:24 > Oui dans l'ensemble, à l'exception de ces parents qui se permettent d'arriver en retard le jour de la rentrée et ainsi retarder tout le monde. Je n'ai d'ailleurs pas compris pourquoi on devait les attendre.

Gaby : < 21:25 > Pas trop difficile pour toi de voir ces couples et leurs enfants ? Je suppose que tu as dû penser à elle.

Adam : < 21:26 > Si un peu, beaucoup. J'aurais aimé qu'elle soit là avec moi. Nos enfants méritaient qu'elle soit là… Puis des souvenirs, de mauvais souvenirs ont refait surface.

Gaby : < 21:27 > Comme ?

Adam : < 21:27 > Je ne t'ai jamais raconté les circonstances de sa mort ?

Gaby : < 21:28 > Non

Adam : < 21:28 > Il est peut-être temps de le faire.

Gaby : < 21:29 > Tu es sûr, rien ne t'y oblige, tu sais.

Adam : < 21:29 > Il faut bien que ça sorte un jour. Et tu es bien la seule personne à qui je peux en parler en étant certain de ne pas être jugé.

Gaby : < 21:30 > Très bien alors dis-moi.

Adam : < 21:30 > Une enquête a été menée et tout ce que je vais te raconter se trouve par écrit dans le rapport de police.

Adam : < 21:31 > Le soir de sa mort, Gaby était partie plus tard de l'hôpital.

Pourquoi ? Parce que c'était l'anniversaire d'une de ces collègues. Pour lui rendre service et afin qu'elle ne soit pas en retard pour sa fête, elle avait accepté de prendre son dernier patient.

Le Bus qui desservait la ligne était en retard de trois minutes. Un chauffeur de taxi avait eu envie d'un café, c'était garé en double fil devant un bar, empêchant le Bus de passer.

Enfin, un homme quelques minutes auparavant avait sali le banc avec la sauce de son sandwich. Laissant une bonne partie du banc inutilisable.

Le destin Gaby, ce fichu destin…

Sans lui, Gaby serait partie à l'heure et aurait pris le bus précédent.

Sans lui, ce chauffeur de taxi n'aurait pas bu de café, et le bus serait passé faisant écran à la voiture.

Sans lui, cet homme aurait mangé son sandwich proprement. Elle se serait peut-être assise plus à gauche. Elle aurait été blessée, mais elle aurait survécu…

Il aurait suffi de presque rien…

…

Gaby : < 21:34 > C'est terrible Adam, je ne sais pas quoi te dire.

Adam : < 21:35 > Rien, il n'y a rien à dire.

C'est comme ça, c'est tout

J'ai été en colère, si tu savais…

Je lui en ai voulu… Tellement…

Gaby : < 21:36 > Pourquoi ? Elle n'y pouvait rien.

Adam : < 21:36 > Parce qu'on s'était promis de vivre heureux toute notre vie…

Parce qu'on s'était promis de rester toujours ensemble

Parce qu'elle m'avait abandonné

Parce qu'elle m'avait laissé tout seul

Parce qu'elle n'a pas tenu ses promesses

Parce qu'elle a fait de moi un menteur…

Gaby : < 21:37 > Tu dis ça, comme si elle l'avait fait exprès, c'était un accident.

Pourquoi menteur ?

Adam : < 21:38 > Oui menteur, je suis devenu un menteur à cause d'elle.

Quand je dis à mes enfants qu'elle est toujours là et qu'elle veille sur eux

Quand je leur dis que tout ira bien.

Quand je leur dis que jamais je ne les laisserai

Quand je leur dis qu'un jour on sera à nouveau tous réunis…

Gaby : < 21:39 > Tu es trop dur avec toi-même, ce n'est pas vraiment mentir. Tu les rassures. Ils ont déjà assez souffert.

Tous les parents font ça avec leurs enfants. On leur dit certaines choses afin de les rassurer.

C'est normal que tu sois en colère après le monde entier, mais je ne peux pas te laisser l'être après elle.

Ce n'est pas juste, c'est la faute à pas de chance ou au destin comme tu dis, mais ce n'est pas pour autant que c'est fini pour toi.

Regarde, il a également mis sur ton chemin Ashley et moi.

Je suis sûre, tu m'entends que ce destin a quelque chose de bon en réserve pour toi.

Adam : < 21:40 > Comment peux-tu en être sûre ?

Gaby : < 21:41 > Disons que je le sens.

Fais-moi confiance.

Et puis avec Ashley, ça se passe plutôt bien non ?

Vous en êtes où ?

Adam : < 21:42 > Je ne sais pas, elle voudrait qu'on passe un week-end ensemble en bord de mer.

Gaby : < 21:43 > C'est une super idée et cela plaira aux enfants.

Tu devrais accepter.

Adam : < 21:44 > Et toi, pourquoi le destin t'a-t-il mis sur ma route ?

Gaby : < 21:45 > Pour te faire rire et ainsi garder le moral.

Adam : < 21:46 > Je voudrai te rencontrer, juste une fois

…

Gaby : < 21:48 > Ce que tu peux être têtu.

Bonne nuit Adam

…

Adam : < 21:50 > Pas têtu, j'ai de la suite dans les idées ;)

Bonne nuit Gaby.

20. Idem

Gaby : < 21:01 > Bonsoir

Adam : < 21:01 > Bonsoir.

Gaby : < 21:02 > Ça va ?

Adam : < 21:02 > Ça va ?

Gaby : < 21:02 > hihi

Adam : < 21:02 > hihi

Gaby : < 21:03 > Si maintenant, on en vient à dire la même chose

Adam : < 21:03 > Je n'imagine même pas, la galère

Gaby : < 21:04 > Tu m'étonnes, quelle horreur, tout en stéréo

Adam : < 21:04 > Tu n'aimes pas la musique ?

Gaby : < 21:05 > Si, je l'aime trop justement :)

Adam : < 21:05 > Et puis pas facile de communiquer comme ça.

Gaby : < 21:06 > Si au contraire, même pas la peine de communiquer, tu sais déjà ce que l'autre va dire.

Adam : < 21:07 > Quel gain de temps !!!!

Je ne te dis même pas pour les repas de famille…

Tu veux du pain. Tu regardes l'autre et elle te le donne.

Gaby : < 21:08 > Tu trouves que ce n'est pas assez salé. Tu regardes l'autre et il t'apporte la salière hihi

Adam : < 21:09 > LOL

Gaby : < 21:09 > LOL

…

Adam : < 21:11 > Et pour le sexe…

Gaby : < 21:11 > Le pied !!!!!

Adam : < 21:12 > Je ne sais pas, j'ai un doute.

Gaby : < 21:12 > Tu plaisantes ?

Adam : < 21:13 > Non sérieusement, je me demande…

Gaby : < 21:13 > Mais c'est le Graal hihi

C'est vraiment l'activité ou c'est le plus utile, je n'arrive pas à croire que tu ne le vois pas.

Dis-moi que tu me fais marcher ?

Adam : < 21:14 > Tu ne penses pas que justement le pied, c'est de ne pas savoir ce que l'autre va faire et ainsi le découvrir

Gaby : < 21:15 > Crois-moi, quand je te dis qu'une femme se connaît très bien et sait parfaitement ce qui lui convient…

Adam : < 21:16 > Et la découverte de l'autre alors ?

Gaby : < 21:17 > La découverte, c'est bien un moment, mais si on peut vous faire gagner du temps c'est mieux ;)

Et puis il y en a qui ne découvriront jamais rien hihi

Adam : < 21:18 > Donc ça te plairait de rencontrer quelqu'un qui puisse lire dans tes pensées ?

Gaby : < 21:19 > Dans ce cadre-là oui et re-oui hihi

Pour le reste je serai moins pour.

L'autre doit être complémentaire, mais différent afin d'apporter quelque chose au couple. On n'a pas besoin d'un deuxième soi-même.

Gaby : < 21:20 > Imagine Adam, que tu puisses en quelque sorte lire dans la pensée et ainsi connaître tous les désirs…

Tu veux qu'il te caresse à un certain endroit et il le fait.

Tu veux qu'il accélère, qu'il s'arrête ou qu'il passe à autre chose…

Adam : < 21:21 > Une télécommande quoi, c'est ça que tu veux.

Gaby : < 21:22 > Lol. Oui, mais une télécommande musclée, ferme, sensuelle et avec batterie inépuisable hihi

Adam : < 21:23 > Exigeante avec ça hihi. T'es consciente quand même que ça n'existe pas ?

Gaby : < 21:24 > On peut toujours rêver… et puis qui dit que ça n'existe pas

Adam : < 21:25 > Et comme pour tous les jouets, tu vas finir par t'en lasser ;)

Gaby : < 21:26 > Lol. Ne sois pas jaloux.

Adam : < 21:26 > Mais alors pas du tout.

Gaby : < 21:26 > Ce n'est pas l'impression que ça donne ;)

Adam : < 21:27 > Impression, je t'en ficherai de l'impression. Et en quoi je serai jaloux. Je fais peut-être très bien la télécommande, tu n'en sais rien : P

Gaby : < 21:28 > Tu as beaucoup de fonctions ?

Adam : < 21:29 > Figure toi que tu es bien tombé, car j'ai une fonction qui devrait te plaire…

Gaby : < 21:30 > Je sens que je vais le regretter… laquelle ?

Gaby : < 21:31 > La fonction programmation hihi

Une fois enregistrée… Accessible à tout moment et mode répétitif à l'infini hihi

Gaby : < 21:32 > À l'infini, non mais, quel prétentieux tu fais hihih

Adam : < 21:33 > Pourquoi prétentieux, je suis prêt à te le démontrer quand tu veux

Gaby : < 21:34 > Non merci.

…

Adam : < 21:35 > Tu sais avec Gaby, on avait cette complicité sans la partie caricaturale.

Gaby : < 21:36 > Ho tu faisais la télécommande hihi. Tu sais tout le monde a déjà eu cette sensation de pouvoir comprendre l'autre sans parler, mais cela reste une sensation. Personne ne sait et c'est bien mieux comme ça.

Adam : < 21:37 > Je ne te parle pas de ça. Entre nous, c'était vraiment particulier, comment te dire… Si je lui posais une question, je pouvais lire sur son visage la réponse. Un simple coup d'œil et je savais si elle allait bien ou si quelque chose la chagrinait.

En public, il suffisait qu'on se regarde pour savoir si l'autre s'ennuyait ou bien s'il fallait changer de sujet ou encore s'il était temps de partir.

Et puis il y avait le idem…

Gaby : < 21:38 > Le idem ???

Adam : < 21:39 > Le Idem, comment t'expliquer… Ils nous arrivaient de dire la même chose en même temps.

Nombre de fois nos amis, nous on dit à quel point c'était étrange, un vrai numéro de cirque :)

Ils ont fini par dire, Idem à chaque fois que cela arrivait et c'est resté.

Gaby : < 21:40 > Ça doit être bizarre en effet. Je ne crois pas en avoir jamais entendu parler ni assisté à ce genre de chose.

Adam : < 21:41 > Je ne pense pas non plus revivre ça.

Gaby : < 21:42 > Donc tu m'as fait marcher… Tu savais déjà et tu as fait semblant. Tu as simulé !!!

Alors pour le sexe, c'est le Graal ?

Adam : < 21:43 > Je ne simule jamais hihi, mais ça m'a bien plu de te faire marcher

Oui c'était le Nirvana…

…

Gaby : < 21:45 > Comment va cette très chère Ashley ?

Adam : < 21:46 > Elle va bien et elle sera contente de l'attention que tu lui portes hihi

Gaby : < 21:47 > Tu lui as parlé de moi ??

Adam : < 21:47 > Non. Comment veux-tu que je lui dise…

Excuse-moi Ashley, mais j'ai oublié de te dire que depuis quelques mois, je discute par SMS avec une parfaite inconnue.

Gaby : < 21:48 > On ne fait rien de mal.

Adam : < 21:48 > Non, je sais bien, mais imagine que je lui dise et qu'elle demande à voir les messages…

Gaby : < 21:49 > Tu sais bien qu'il n'y a rien de sérieux

Adam : < 21:50 > Tu le sais, je le sais, mais elle, elle ne le sait pas et les messages sortis de leur contexte…

Gaby : < 21:51 > C'est clair, qu'on est des champions du grand n'importe quoi. En tout cas, plus tu tarderas à lui dire et plus elle trouvera cela louche.

Adam : < 21:52 > Je sais bien, mais j'ai un peu peur de sa réaction et si elle me demandait d'arrêter ?

Gaby : < 21:53 > Pourquoi te le demanderait-elle ?

Est-ce que toi, tu remets en cause ses amis ?

Adam : < 21:54 > Évidemment non. On est ami ?

Gaby : < 21:54 > Bien sûr, des amis virtuels, pour moi ça compte pareil, mais réponds à ma question.

Adam : < 21:55 > Elle pourrait trouver cette relation ambiguë et dérangeante.

…

Gaby : < 21:57 > Alors il te faudra l'écouter et tout arrêter.

Adam : < 21:58 > C'est ton conseil ? Tu souhaites vraiment qu'on arrête ?

…

Gaby : < 22:01 > C'est le conseil d'une amie. Si elle compte vraiment pour toi. Tu dois tout faire pour elle et si pour cela tu dois nous sacrifier, alors la réponse est oui.

…

Adam : < 22:03 > Et si je ne suis pas prêt à nous sacrifier ? Et si je ne lui disais jamais ?

Gaby : < 22:04 > La décision t'appartient, mais je ne trouve pas ça correct envers elle, surtout si tu penses que c'est sérieux

Adam : < 22:05 > Je ne sais pas. C'est trop tôt pour savoir si ça l'est. Je me laisse encore un peu de temps pour me décider.

Gaby : < 22:06 > Comme tu veux Adam…

Je suis un peu fatiguée ce soir. À demain

Adam : < 22:09 > Bonne nuit et à demain

Gaby : < 22:10 > Bonne nuit

21. Préparatif WE

Gaby : < 21:01 > Bonsoir

…

Gaby : < 21:08 > Houston, on a un problème…

…

Adam : < 21:10 > Ici Houston, on vous écoute Apollo

Gaby : < 21:11 > Enfin !!!

Adam : < 21:11 > Je terminais les préparatifs pour le week-end.

Gaby : < 21:12 > Ha. Vous y allez toujours ?

Vous y allez avec les enfants ou seulement tous les deux ?

Adam : < 21:13 > Avec les enfants.

Gaby : < 21:14 > Je sais bien que je t'avais dit que c'était une bonne idée, mais j'ai réfléchi. C'est ta première histoire depuis la mort de ta femme et je crois qu'il faut que tu fasses attention avec les enfants. Si cela se termine mal, ils risquent de s'attacher et de souffrir.

Adam : < 21:15 > Tu sais, on est grand ;)

On y a pensé. Nous avons réservé deux chambres séparées. Ashley et sa fille d'un côté, Amanda, Billy et moi de l'autre. Te voilà rassurée, j'espère. :)

Gaby : < 21:16 > Je n'étais pas inquiète

Adam : < 21:16 > Jalouse ?

Gaby : < 21:16 > Pas du tout

Adam : < 21:17 > Même pas un peu ?

Gaby : < 21:17 > Pourquoi veux-tu absolument que je sois jalouse ?

Adam : < 21:18 > J'avoue que cela me plairait assez

Gaby : < 21:19 > Je vois ça, mais pourquoi ?

Adam : < 21:20 > Je ne sais pas, je trouverai ça drôle

Gaby : < 21:21 > Drôle… Ça te ferait plaisir, si j'étais follement jalouse… Au point que je ne puisse plus ne penser qu'à toi… Et que de te savoir avec elle, me rends malade à un point…

Adam : < 21:22 > C'est vrai ?

Gaby : < 21:22 > C'est trop difficile de te le cacher plus longtemps et puis tant pis j'avoue, oui je suis jalouse

…

Adam : < 21:24 > Tu déconnes ?

…

Adam : < 21:26 > Allez arrête. Tu déconnes ?

…

Gaby : < 21:28 > À ton avis ?

Adam : < 21:28 > Ce n'est pas bien de jouer avec les sentiments… Gaby !!

Gaby : < 21:29 > Pourquoi tu as des sentiments pour moi ?

…

Adam : < 21:31 > Je sors avec Ashley…

Gaby : < 21:31 > Ce n'est pas une réponse.

Adam : < 21:32 > Ça suffit, on arrête de jouer

Gaby : < 21:32 > Vous êtes marrant vous les mecs, dès qu'on joue d'égal à égal, vous voulez arrêter hihi

Adam : < 21:33 > Tu sais ce que disait une grande romancière sur l'égalité homme, femme ?

Gaby : < 21:34 > Non, mais mon petit doigt me dit que tu vas t'en sortir avec une pirouette… ;)

Adam : < 21:35 > Lol.

Elle disait : « Une femme qui se croit intelligente réclame les mêmes droits que l'homme. Une femme intelligente y renonce ».

Gaby : < 21:36 > Comme ça, je me crois intelligente… Tu me surprendras toujours…

Adam : < 21:37 > Je ne voulais pas te vexer, mais faire de l'humour

Gaby : < 21:38 > Je retire ma citation sur la culture et la confiture. De toute évidence, elle ne s'adresse pas à toi.

Toute cette culture… Servit à bon escient, c'est rare, crois-moi.

Ashley a de la chance, mais le sait-elle ?

Adam : < 21:39 > Je ne sais plus quoi te dire et je ne sais plus quoi penser. Te dire que c'est gentil ou bien que tu continues à te moquer de moi !!

Gaby : < 21:40 > Non, c'est malin. Comment veux-tu que je me batte avec Colette…

Adam : < 21:41 > Je vois que j'ai affaire à une personne instruite.

Gaby : < 21:42 > Et ça continue… Décidément c'est ma fête…

Je me crois intelligente, mais bon pas tant que ça hein, il ne faut pas exagérer non plus, je suis une femme. Et puis là, instruite parce que je connais une citation.

De mieux en mieux Adam…

Adam : < 21:43 > Je m'excuse voilà, ça te va.

Gaby : < 21:44 > Je trouve que ça manque de sincérité tout ça…

Adam : < 21:45 > Pardon, excuse-moi, j'ai été maladroit

Désolé :/

Gaby : < 21:46 > Allez je vais arrêter de te torturer.

Je ne t'en veux pas du tout, j'ai même trouvé ça très amusant hihi

Adam : < 21:47 > Pourquoi ?

Gaby : < 21:48 > Pourquoi, pour te donner une leçon

Adam : < 21:48 > Mais pourquoi

Gaby : < 21:49 > La madame en avait un peu assez de ta fixation sur la jalousie.

J'espère que le thème est clos maintenant hihihi

Adam : < 21:50 > Le Monsieur a compris la leçon, mais tu as été vilaine quand même. Tu aurais pu t'y prendre autrement

Gaby : < 21:51 > Oui mais avoue que cela aurait été beaucoup moins drôle hihi

Adam : < 21:52 > Tu es une masochiste.

Gaby : < 21:52 > Je ne te plais plus ?

Adam : < 21:53 > Au contraire hihi

Gaby : < 21:53 > Lol

Il est temps que je te laisse à tes préparatifs pour le WE.

Bonne nuit Monsieur

Adam : < 21:54 > Bonne nuit Madame

Carl Rodrigues

22. Premier WE

Gaby : < 21:01 > Bonsoir Monsieur

Adam : < 21:02 > Bonsoir Madame

Gaby : < 21:03 > Alors ce premier Week-end ? Bien ?

Adam : < 21:04 > Ça, c'est très bien passé, les enfants ont adoré. Il a fait beau et l'essentiel, ils ont pu patauger dans l'eau.

Gaby : < 21:05 > Vous avez emmené les enfants, et tu me dis qu'ils ont adoré, mais toi. Tu as trouvé ça comment ?

Adam : < 21:06 > Tu veux vraiment savoir ?

Gaby : < 21:07 > Je croyais qu'on pouvait tout se dire. Alors oui, je veux bien savoir, mais si toi tu n'y tiens pas, je comprendrai.

Adam : < 21:08 > Tu veux ou tu ne veux pas savoir ?

Gaby : < 21:08 > Écoute, je ne vais pas te supplier. Si tu ne veux pas, tant pis.

Adam : < 21:09 > J'ai trouvé ça bien aussi.

Gaby : < 21:09 > Bien, juste Bien. Pas super, juste bien ?

Adam : < 21:10 > Bien. C'est déjà ça non ?

C'était la première fois avec tous nos enfants, alors il faut du temps afin que tout soit parfait.

Gaby : < 21:11 > Très bien.

Adam : < 21:12 > Comment ça très bien. Dis-moi ta pensée.

Gaby : < 21:12 > Je n'ai pas à avoir de pensée. C'est ta vie tu en fais ce que tu veux Adam.

Adam : < 21:13 > Si tu es une vraie amie, tu pourrais me dire ce que tu en penses non.

Gaby : < 21:14 > Mon opinion compte tant ?

Adam : < 21:14 > Oui

Gaby : < 21:15 > D'accord, je pensais que tu serais plus enthousiaste. Là tu m'as l'air déçu. Voilà

Adam : < 21:16 > Déçu non, je ne crois pas. Je m'interroge voilà tout.

Tu sais à la fin du WE, j'ai pensé à toi…

Gaby : < 21:17 > Ha bon !! Pourquoi ?

Adam : < 21:18 > Je me suis demandé, si ça avait été toi.
…

Gaby : < 21:20 > On n'aurait pas pris les enfants avec nous hihihi

Adam : < 21:21 > Ha bon ?

Gaby : < 21:22 > Bien sûr que non. Et je suis même sûre que tu n'aurais pas vu la plage, ni la mer non plus hihi

Adam : < 21:22 > Lol
Qui te dit que je serai à la hauteur de tes demandes ?

Tu pourrais être déçu par mes performances…

Gaby : < 21:23 > Vous les mecs vous faites toujours des fixations sur les performances…

L'important c'est la passion et l'intensité qui en découlent…

Adam : < 21:24 > L'intensité ?

Gaby : < 21:25 > S'il se passe quelque chose entre les deux personnes, tu la ressens…

Adam : < 21:26 > Comment ça ? Tu peux être plus explicite.

Gaby : < 21:27 > On n'a pas besoin d'un technicien du sexe.

Celui qui va te faire une démonstration, se croire obligé de visiter toutes les positions possibles et qui finalement ne se fera plaisir qu'à lui-même et à son ego.

Adam : < 21:28 > Donc tu n'aimes pas les techniciens !! Mais pour ce qui est de l'intensité ?

Gaby : < 21:29 > Je n'ai pas dit ça ;)

Ce que je veux dire. C'est avec des sentiments, c'est autre chose…

Tu sais ce frisson qui te parcourt le corps dès que tu l'entrevois. Quand tu entends sa voix, que tu le touches, le contact de sa peau sur la tienne, même son odeur.

Toutes ces choses qui font que pour toi il est unique. Alors tu te fiches des performances, du temps que ça prend, car quand tu es avec la bonne personne, plus rien ne compte.

Attention, il n'y a pas de restriction à ce qu'il soit technicien en plus hihi

Adam : < 21:31 > Je suis d'accord, mais il faut être réaliste, ça ne court pas les rues.

Pour toi un bon coup c'est quoi alors ?

Gaby : < 21:32 > Un bon coup, déjà dit comme ça, on ne pense pas à l'amour, mais à passer un bon moment.

Disons que ça dépend… Un bon coup, pour une sera peut-être un coup moyen pour une autre…

En tout cas un mauvais coup restera un mauvais coup

Adam : < 21:33 > Comment savoir si on est un bon coup ?

Gaby : < 21:33 > Pure question de mecs hihi et que tu poses la question ça devrait te donne un indice hihi

Gaby : < 21:34 > Méchante

Gaby : < 21:34 > Tu as déjà eu des plaintes ?

Adam : < 21:35 > Non

Gaby : < 21:35 > Alors tu n'as pas de soucis à te faire.

Oh tu t'inquiètes ?

Tu n'es pas sûr de toi ?

Adam : < 21:36 > Moi, ça va je n'ai pas d'inquiétudes.

Gaby : < 21:37 > Ce n'est pas l'impression que tu donnes

Quand vous avez fini, ta partenaire fait quoi ?

Adam : < 21:38 > En général, on reste allongé un moment, elle me regarde du coin de l'œil en souriant, satisfaite… : P

…

Gaby : < 21:41 > Eh bien voilà !!!

Déjà elle sourit. Ensuite elle ne détourne pas son regard du tien. Elle ne se retourne pas immédiatement. Et vu qu'elle ne se lève pas avec hâte pour aller pleurer aux toilettes… Je dirai que c'est plutôt bon signe hihi

Adam : < 21:42 > Alors je suis un bon coup ?

Gaby : < 21:43 > Disons que dans le meilleur des cas, c'est ça… Et dans le pire, c'est une très bonne simulatrice hihi

Adam : < 21:44 > N'importe quoi : P

Gaby : < 21:44 > Te connaissant, je suis persuadé que ce n'est pas le cas. Tu es tellement intelligent, tu t'en serais rendu compte hihi

Alors tu dois pouvoir le revendiquer

Adam : < 21:45 > Je suis un bon coup

Adam : < 21:45 > Je suis un bon coup

Adam : < 21:45 > Je suis un bon coup

Gaby : < 21:46 > C'est bon on a compris.

Ça va mieux ?

Rassuré ?

Adam : < 21:47 > Ben non, maintenant que tu m'as mis en tête la simulation comment en être sûr ?

Gaby : < 21:48 > La simulation, la question à laquelle la plupart des hommes disent moi jamais hihi

Vous ne voyez cela que négativement. Alors que la femme ne simule que si elle y trouve un intérêt.

Par exemple, quel intérêt à simuler pour un coup d'un soir… aucun !!

Elle doit tenir à la personne suffisamment pour ne pas vouloir la blesser. C'est donc une preuve d'amour.

Là, tu te demandes pourquoi le faire et ou je veux en venir ?

Adam : < 21:49 > Oui et oui, j'attends la chute avec impatience

Gaby : < 21:50 > Je prends un autre exemple. Si elle n'a pas envie pour x raisons, refuser serait compliqué. Cela déboucherait inévitablement sur des explications. Alors pour que ça finisse vite pourquoi pas… hihi

Adam : < 21:51 > C'est dégueulasse…

Gaby : < 21:52 > Mais pas du tout

Adam : < 21:52 > Tu as déjà simulé ?

Gaby : < 21:53 > Cela ne te regarde pas !!!

Adam : < 21:53 > Tu viens de répondre ;)

Tu m'étonnes !!! Je ne te voyais pas comme ça.

Gaby : < 21:54 > Il ne faut pas tout prendre à la lettre dans ce que je dis ;)

Ce serait trop facile

Adam : < 21:55 > C'est n'importe quoi ce soir

Gaby : < 21:55 > Oui du grand n'importe quoi :)

Adam : < 21:56 > Mais c'est drôle

Gaby : < 21:56 > Oui très

Adam : < 21:56 > Satisfaite ?

Gaby : < 21:57 > Comblée et je ne simule pas ;)

Adam : < 21:57 > Lol

Adam : < 21:57 > Mais je suis sûr que tu peux mieux faire ;)

Gaby : < 21:58 > Peut-être pas

Adam : < 21:58 > Et moi qui te croyais honnête

Gaby : < 21:59 > hihih Il n'y a pas plus honnête que moi. D'ailleurs par pure honnêteté envers toi, si ça ne marche pas avec Ashley. Je crois que j'ai quelqu'un qui pourrait te convenir…

Adam : < 22:00 > Tu n'aimes pas Ashley ?

Gaby : < 22:01 > Je ne la connais pas alors je ne fais pas de jugement. Je dis ça juste au cas où.

Adam : < 22:02 > Tu as de la chance, je suis curieux. Qui est cette personne ?

Gaby : < 22:03 > Cette personne s'appelle Allyson, mais il est déjà tard. Si tu veux, on en reparle demain soir

Adam : < 22:04 > Justement, pour demain je ne pourrai pas. On doit se voir avec Ashley. D'ailleurs, j'ai bien réfléchi et ce serait mieux si c'était moi qui te contacte en premier dorénavant…

Enfin si tu le veux bien ?

…

Gaby : < 22:06 > Je comprends. Très bien, mais pas avant 21h et si tu n'as pas de réponse, n'insiste pas.

Adam : < 22:07 > A après-demain alors ?

Gaby : < 22:07 > Bonne nuit Adam

Adam : < 22:08 > Bonne nuit Gaby

23. Allyson

Adam : < 21:01 > Bonsoir Madame.

Gaby : < 21:02 > Bonsoir Adam.

Adam : < 21:02 > Comment ça va ?

Gaby : < 21:02 > Ça va et toi ?

Adam : < 21:03 > Ça va super bien et toi, juste ça va ?

…

Gaby : < 21:05 > Tu sais Adam, maintenant que tu vas super bien. Il est peut-être temps de tout arrêter.

Adam : < 21:06 > Je suis content de te parler moi aussi

Gaby : < 21:06 > Je suis sérieuse Adam.

Tu as Ashley, tu as l'air d'aller très bien et tu sembles être tiré d'affaire.

On savait très bien tous les deux que notre relation n'avait qu'une durée limitée…

…

Adam : < 21:08 > Bon, je vois que tu ne plaisantes pas

Gaby : < 21:08 > Non, je ne plaisante pas.

Adam : < 21:09 > Alors voilà, comment on procède. On arrête de s'écrire et chacun reprend le cours de sa vie, comme si rien ne s'était passé ?

Gaby : < 21:10 > Oui, comme si…

Adam : < 21:11 > Alors pour toi, il ne s'est rien passé !!!

Gaby : < 21:12 > Mais il ne s'est rien passé

Adam : < 21:12 > Pas pour moi !!!

…

Adam : < 21:14 > Tu m'as sauvé… Et tu me dis qu'il ne s'est rien passé !!!

Gaby : < 21:15 > Tu m'as bien comprise…

Adam : < 21:15 > Non. Sois explicite. A priori, c'est le moment ou jamais !!!

Gaby : < 21:16 > Il n'y aura jamais rien entre nous. Il ne peut rien y avoir et un jour on ne se parlera plus.

C'est comme ça… et ce ne sera pas autrement

Adam : < 21:17 > Comment je pourrais l'oublier !!!

Tu me le rappelles sans cesse !!!

À croire que tu ne souhaites que ça !!!

C'est si difficile de me parler ?

Ou bien as-tu peur de continuer ?

…

Adam : < 21:20 > Gaby, j'ai encore besoin de toi.

Adam : < 21:21 > Ne me quitte pas, s'il te plaît.

…

Adam : < 21:23 > Si tu as peur de notre relation, je suis prêt à être plus Gay pour toi :).

Gaby : < 21:24 > T'es con.

Adam : < 21:24 > Oui et tu ne trouveras pas meilleur con que moi :)

Gaby : < 21:25 > :)

Adam : < 21:25 > Parle-moi !!!

Gaby : < 21:26 > Ça risque de ne pas te plaire

Adam : < 21:26 > Je veux bien en prendre le risque

Gaby : < 21:27 > En tout cas sache ça a compté pour moi.

Quoiqu'il se passe… Même si on ne se parle plus, rien ne pourra effacer ces moments passés ensemble.

Adam : < 21:28 > Tu essayes de me dire adieu ?

Parce que tu es nulle là

Gaby : < 21:29 > C'est le destin Adam, un cycle se termine, le nôtre. Afin qu'un autre puisse débuter…

Tu as une nouvelle vie à inventer avec Ashley et moi, la mienne doit continuer sans toi…

Adam : < 21:30 > Mais pourquoi ?

On peut rester ami. Je ne vois pas en quoi cela gênerait ma relation avec Ashley

Ça n'a rien à voir !!!!

Gaby : < 21:31 > Tu lui as parlé de moi ?

Adam : < 21:32 > Non

Gaby : < 21:32 > On ne cache pas ses amis Adam…

Notre relation est ambiguë et elle doit cesser

Ce n'est pas bien !!!

Adam : < 21:33 > Si on arrêtait l'ambiguïté ?

Gaby : < 21:34 > Tu voudrais en retirer tout son sens, tout son piment, tout ce qui en fait une relation si particulière ?

Non, l'arrêter reviendrait au même, autant terminer !!!

Adam : < 21:35 > Alors, tu ne nous laisses aucun autre choix ?

C'est injuste… Tu es injuste

Gaby : < 21:36 > Je ne suis pas injuste, la vie, elle est injuste

Adam : < 21:36 > Tu me dis que je vais bien, mais si Ashley n'était pas la bonne. Si je replonge, qui sera là pour moi ?

Adam : < 21:37 > Tu ne peux pas me laisser !!!

Et puis tu m'avais promis de me parler d'une certaine Allyson ?

Tu ne peux pas me laisser sans savoir !!!

Gaby : < 21:38 > Très bien, comme tu veux, mais je veux que tu saches que cela ne fait que reculer l'échéance

Adam : < 21:39 > Pas grave, reculons, reculons :)

Eh bien j'attends mon histoire !!

Cette Allyson doit vraiment être une personne particulière, pour que tu veuilles m'en parler

Gaby : < 21:40 > Oui c'est une personne exceptionnelle, mais par quoi commencer

Adam : < 21:41 > Si je peux aider, par le plus futile, le physique, puisque j'envisage de devenir Gay, cela n'a plus d'importance

Gaby : < 21:42 > Lol.

Je te rassure, c'est une femme et même une très belle femme ;)

Adam : < 21:42 > Ha, pas grave, chacun ses défauts, mais encore ?

Gaby : < 21:43 > Blonde, 1m72, les yeux bleus

Ça te convient toujours, sinon je peux arrêter ?

Adam : < 21:44 > Vu d'ici, ça m'a l'air vraiment moche

Attends, elle pèse combien ?

Gaby : < 21:44 > 56 kilos, rassuré ?

Adam : < 21:45 > Ouais, mais elle doit avoir un truc qui cloche ?

Saine d'esprit ?

Gaby : < 21:45 > Lol

Elle est loin d'être une cloche et son esprit te plaira

Je suis prête à le parier

Adam : < 21:46 > Tu es bien sûre de toi.

Tu crois connaître mes préférences ?

Gaby : < 21:47 > Pour l'instant, elle te plaît non ?

Adam : < 21:48 > Elle me plaît, elle me plaît, c'est un bien grand mot. Difficile de se faire un jugement sans la rencontrer.

Tout ce que je peux dire, c'est que nous avons une amie en commun…

Une amie très butée et ça ne plaide pas forcément en sa faveur si tu vois ce que je veux dire ;)

Gaby : < 21:49 > :)

Adam : < 21:50 > Tu dirais que tu la connais bien ou très bien cette personne ?

Je veux dire tu la connais personnellement ?

Gaby : < 21:51 > Je la connais personnellement et aussi très bien.

Adam : < 21:52 > C'est quelqu'un de proche alors ?

Gaby : < 21:52 > Quelqu'un de très proche et de très cher à mon cœur.

Adam : < 21:53 > HA

Gaby : < 21:53 > HA quoi ?

Adam : < 21:53 > Ben voilà

Gaby : < 21:54 > Voilà quoi ?

Adam : < 21:54 > Je comprends tout maintenant

« Il n'y aura jamais rien entre nous » !!!

« Ce n'est pas possible et ça ne changera jamais » !!!

Tu es lesbienne, pourquoi ne pas l'avoir dit !!!

Gaby : < 21:55 > Hihihi Lol mdr

Tu me fais rire

Mais pas du tout, je ne suis pas lesbienne hihihi

Adam : < 21:56 > Et elle ?

Gaby : < 21:56 > Non plus, sinon, pourquoi je t'en parlerais

Voyons Adam !!!

Adam : < 21:57 > T'es forte…

Je n'arrive pas à voir où est le piège dans tout ça.

Gaby : < 21:58 > Pourquoi ?

Adam : < 21:58 > Pourquoi quoi ?

Gaby : < 21:58 > C'est une discussion de sourds…

Pourquoi veux-tu qu'il y ait un piège ?

Adam : < 21:59 > Elle a l'air si bien cette fille que ça en devient gênant

Gaby : < 22:00 > Tu trouves que c'est trop beau pour être vrai ?

En effet c'est vrai et tu devrais me remercier de t'en faire profiter !!!!

Au lieu de chercher la petite bête

Adam : < 22:01 > JE dis Merci, merci et encore merci Madame

Gaby : < 22:01 > Lol

C'est tout ce que tu voulais connaître sur elle ?

Adam : < 22:02 > Après les frivolités, les choses sérieuses. J'aimerais bien connaître son métier.

Gaby : < 22:03 > Son métier, c'est, ce qui compte pour toi. Si son métier ne te plaît pas, ça n'ira pas même si tout le reste te plaît ?

Adam : < 22:04 > Ben si elle est actrice de film pour adulte, ça peut changer le point de vue… Tu comprends ?

Gaby : < 22:05 > hihihihi

T'es con, tu sais

Adam : < 22:06 > Oui hihi

Gaby : < 22:06 > Tu vas être déçu. Non hihi

Elle a fait une grande école de commerce puis elle a trouvé un job dans le marketing.

Adam : < 22:07 > Une intello quoi ?

Gaby : < 22:08 > Comparée à ton actrice c'est sûr hihih

Non, une personne qui a de la culture, ça devrait te changer…

Adam : < 22:09 > Merci, j'apprécie le conseil, si, si !!!

Gaby : < 22:10 > Mais de rien, c'est cadeau

Adam : < 22:10 > Madame est généreuse

Gaby : < 22:11 > Madame donne sans compter

Adam : < 22:11 > Célibataire, je suppose sinon tu ne m'en parlerais pas, mais est-ce qu'elle a des enfants ?

Gaby : < 22:12 > Divorcée sans enfants

Adam : < 22:12 > Divorcée !!!

Gaby : < 22:13 > Un problème ?

Adam : < 22:13 > Non, ça me change des veuves hihi

Elle ou lui, qui est parti ?

Gaby : < 22:14 > Elle, son ex-mari est un salaud et il la battait…

Adam : < 22:15 > Ha, malheureusement, c'est des choses qui arrivent !!!

Leur mariage a duré longtemps ?

Gaby : < 22:16 > 3 ans au total dont à peu près 2 de trop

Adam : < 22:17 > Je ne supporte pas d'entendre ce genre d'histoires!!!

Ces hommes sont des lâches. Ces salauds mériteraient une bonne leçon.

Malheureusement, je ne peux pas être partout et combler chaque femme :)

Gaby : < 22:18 > Lol

…

Adam : < 22:20 > Et tu as beaucoup souffert ?

Gaby : < 22:20 > ???

Pas moi Adam, Allyson

Oui, elle a beaucoup souffert…

Adam : < 22:21 > Quelquefois on parle d'amis, mais en fait, il s'agit de la personne qui le raconte…

Gaby : < 22:22 > Pas cette fois Adam, il ne s'agit pas de moi.

Adam : < 22:22 > Comme tu veux

Gaby : < 22:23 > Pas comme je veux, ce n'est pas moi !!!

D'ailleurs qui sait, un jour tu la rencontreras peut-être ;)

Adam : < 22:24 > Ce jour-là, je te verrai aussi. Vu que vous êtes très proches…

Gaby : < 22:25 > Ou pas, je serai peut-être déjà parti…

Adam : < 22:25 > Où ?

Gaby : < 22:25 > Ailleurs

Mais revenons au sujet s'il te plaît

Adam : < 22:26 > Très bien

Donc, elle a beaucoup souffert !!!

Violences physiques ou psychologiques ?

Gaby : < 22:27 > Les deux vont souvent de paires…

Adam : < 22:27 > Si je suis trop indiscret, tu n'hésites pas à me le dire OK

Gaby : < 22:28 > Oui

Adam : < 22:28 > Tu as dit 2 ans de trop, sur les 3, donc la première année, c'est bien passé.

Qu'est-ce qui a changé ? Et qui a fait que cela a dégénéré.

Gaby : < 22:29 > Il a perdu son travail

Adam : < 22:30 > Il a perdu son travail à cause d'elle ?

Gaby : < 22:30 > Même pas !! Mais comme il n'en a pas trouvé d'autres tout de suite, il s'est mis à boire…

Adam : < 22:31 > Ha, on dirait presque une excuse !!!

Ce n'est pas parce que tu bois que tu deviens violent !!!

Gaby : < 22:32 > Non, ça non. Il n'y a pas d'excuses qui tiennent !!!

Mais certaines personnes ont l'alcool mauvais. Il ne buvait presque pas avant…

Adam : < 22:33 > Et donc un matin, après avoir bu, il l'a frappé ?

Gaby : < 22:34 > C'est plus compliqué que ça !!!

Adam : < 22:35 > J'ai tout mon temps moi. Ça peut même durer des mois, ça ne me dérange pas hihiih

Gaby : < 22:36 > hihihi

Ça commence par une bousculade un jour, mais il s'excuse et jure que ça n'arrivera plus jamais !!!

On le croit, car il ne va pas bien le pauvre

Mais évidemment cela se reproduit, c'est l'escalade une petite claque puis une autre…

Puis on en vient aux coups…

Adam : < 22:37 > Je ne sais pas quoi te dire !!!

Gaby : < 22:37 > Rien, il n'y a rien à dire

Adam : < 22:38 > Je n'ose plus rien te demander, même à propos des violences psychologiques ?

Gaby : < 22:39 > Pourtant, elles peuvent faire plus de mal que les violences physiques…

On te dit que c'est de ta faute tout ça !!!

On se dit que cela ne vient pas forcément de lui, qu'on l'a peut-être cherché, on lui trouve des excuses

Tu finis même par le penser, car en public, c'est l'homme parfait. Celui que toutes tes amies t'envient et en privé c'est un monstre.

Qui va-t-on croire ? Alors on ment à ses proches.

Je me suis cognée toute seule, que je suis maladroite…

Les excuses bidon, qu'on invente pour faire passer les traces !!!

Adam : < 22:40 > Tu es sûre que ce n'est pas toi ?

Gaby : < 22:40 > Je te l'ai dit, c'est quelqu'un de très proche Adam

Et je m'en veux, car j'étais là et je n'ai rien vu !!!

J'ai cru aux excuses et aux mensonges. Elle ne pouvait pas me mentir, pas à moi !!!

La vérité est tellement atroce. On se dit que ça ne peut pas être ça, que c'est forcément la vérité qu'on entend.

Tu te rends compte, j'ai même cru qu'elle était malade, qu'elle avait une maladie des os ou je ne sais quelle maladie qui atteignait l'équilibre !!!

Comment peut-on être aussi aveugle !!!

Je ne me le pardonnerai jamais

Adam : < 22:42 > Tu es trop sévère !!!

Quand on veut cacher des choses à nous proches, on peut être très persuasifs

Regarde-moi mes parents pensaient que ça allait… Pourtant tu as pu voir dans quel état j'étais lors de notre premier contact…

Je te connais, tu sais. Tu es une bonne personne, ne culpabilises pas trop.

Gaby : < 22:43 > Merci

Adam : < 22:43 > Ne me remercie pas, c'est vrai

Tu as tellement fait pour que j'aille bien

Alors que tout était noir, que je ne voyais pas le bout du tunnel. Tu es venu et depuis, tu ne m'as plus quitté !!!

Merci Gaby, merci

Alors arrête d'être aussi dure avec toi-même, car tu es mon ami et je défends toujours mes amis.

Gaby : < 22:44 > Tu es trop gentil

Adam : < 22:44 > Ha ça non !!!

Je n'aime pas des masses ce mot « gentil »

Je suis même sûr qu'une fois que tu as été au courant. Ça a dû chauffer pour son matricule, au mari, je me trompe ?

Gaby : < 22:45 > hihi

Non

Dès qu'elle me l'a avoué, je suis rentré dans une colère folle !!!

JE crois bien que j'aurais pu l'étrangler de mes propres mains, ce salaud !!!

J'ai recueilli immédiatement Allyson à la maison, fais venir des vigiles et lui ai interdit tout contact.

Le lendemain, j'ai appelé mon avocat et l'on a lancé la procédure de divorce et d'éloignement !!!

Adam : < 22:46 > Je t'imagine bien. On sent d'ailleurs que c'est encore frais hihi

Gaby : < 22:47 > Désolée, cela me met encore hors de moi cette histoire

Adam : < 22:47 > Je comprends

J'imagine que quand cela arrive à quelqu'un que tu aimes, cela devient insupportable

Gaby : < 22:48 > Oui

Adam : < 22:48 > Elle va mieux maintenant ?

Gaby : < 22:49 > Oui, elle va mieux, mais elle se méfie encore des hommes.

Adam : < 22:50 > C'est compréhensible

Gaby : < 22:51 > Elle n'attend qu'une belle âme, bienveillante, qu'il la libère et la mène sur le chemin du bonheur.

Adam : < 22:52 > Et tu penses que je pourrai faire l'affaire ?

Gaby : < 22:53 > Elle en vaut vraiment la peine Adam, crois-moi

Toi ou un autre, je ne lui souhaite que du bonheur, elle le mérite, elle a tant à donner…

Celui qui saura la rendre heureuse sera aimé en retour aux centuples. C'est une belle personne, il n'y a rien de mauvais en elle-même.

Je l'aime

Adam : < 22:54 > Ça se sent Gaby

Gaby : < 22:54 > Cette conversation m'a exténuée

Je te dis bonne nuit

Adam : < 22:55 > Très bien

À demain ?

Gaby : < 22:55 > À demain

Adam : < 22:56 > Bonne nuit Madame

Gaby : < 22:56 > Bonne nuit Monsieur

24. Destiny…

Adam : < 21:00 > Bonsoir Madame

…

Adam : < 21:03 > Coucou, il y a quelqu'un ?

Gaby : < 21:03 > Je suis là

Adam : < 21:04 > Alors ?

Gaby : < 21:04 > J'étais dans mes pensées…

Adam : < 21:05 > Je peux les connaître ?

Gaby : < 21:06 > Je ne sais pas, si tu es sage ?

Adam : < 21:06 > Je suis toujours sage avec toi. Allez

Gaby : < 21:07 > D'accord

Je pensais à notre dernière discussion et… Je n'aurais jamais cru qu'on devienne aussi proche…

…

Adam : < 21:09 > Moi non plus.

Jamais je n'aurai imaginé tout ça, même dans mes rêves les plus fous.

Et puis d'ailleurs je ne pensais pas beaucoup, à ce moment-là

Gaby : < 21:10 > Lol

Sinon tu aurais arrêté de suite ?

Adam : < 21:11 > J'ai dit pas beaucoup, ça ne veut pas dire pas du tout ;)

Durant cette période, tu as été la meilleure chose qui me soit arrivée.

Gaby : < 21:12 > C'est gentil

Adam : < 21:13 > Je le pense

Le hasard a bien fait les choses, on dirait.

Gaby : < 21:14 > Le hasard ou le destin ?

Adam : < 21:14 > Quelle différence ?

Je remercie l'un ou l'autre, même les deux :)

Gaby : < 21:15 > LA différence, les conséquences !!!

Le hasard ou la suite de hasards, je vois ça plutôt comme des changements précis sans liens entre eux, ni de but précis.

Le destin, lui chamboule ta vie entière, même si cela implique de menus hasards. Ils ont tous le même but, te diriger vers plus…

Adam : < 21:16 > Alors nous deux, hasard ou destin pour toi ?

Et pour aller vers quoi ?

…

Gaby : < 21:18 > Destin

Du moins, je l'espère. Et pour toi ?

…

Adam : < 21:20 > Destiny

Sans toi… Je ne sais pas… Cela aurait pu mal se finir…

Tu as bouleversé ma vie, je ne te serai jamais assez reconnaissant

Gaby : < 21:21 > Tu ne me dois rien !!!

Et puis qui te dit que ce n'est pas toi qui m'as sauvé ?

…

Adam : < 21:23 > Alors, d'après toi, c'était écrit nous deux ?

Gaby : < 21:24 > Oui

Quelle chance y avait-il de se trouver et puis de s'entendre aussi bien ?

Adam : < 21:25 > Faible, voire nulle, je te l'accorde.

Gaby : < 21:25 > Exact !!!

J'aurais pu ne pas répondre cette fameuse nuit. J'aurais dû ne pas répondre…

JE me suis posée bien souvent cette question : pourquoi ?

Parce que, c'était mon destin de te rencontrer, à un moment où je n'attendais plus rien… Tu as déboulé de ma vie

Adam : < 21:26 > Tu regrettes ?

Gaby : < 21:26 > Toi, tu regrettes ?

Adam : < 21:26 > Non

Gaby : < 21:27 > J'ai des regrets comme beaucoup de gens, mais celui-là n'en fait pas partie.

Adam : < 21:28 > Pourquoi ne pas me dire ce qui ne va pas ?

Je pourrais t'aider à mon tour.

Gaby : < 21:29 > C'est compliqué Adam

Adam : < 21:29 > Si tu te confies à moi, à deux ce sera plus simple

…

Gaby : < 21:31 > Je te dirai tout bientôt, mais une fois fait, ce sera fini entre nous.

Adam : < 21:32 > Fini ???

Gaby : < 21:33 > Quand je t'aurai tout dit, on ne se recontactera plus

Fini, fini

…

Adam : < 21:35 > Je ne sais pas, si je pourrai le supporter !!!

Tu fais partie de ma famille !!!

Gaby : < 21:36 > :-)

J'ai peur moi aussi…

…

Adam : < 21:38 > Tu peux compter sur moi !!!

Tu as peur de ma réaction ???

Je peux t'assurer que rien ne me fera changer d'avis sur toi

RIEN

Aie confiance en moi !!!

Gaby : < 21:39 > Ce n'est pas encore le moment. Je ne suis pas prête encore…

Adam : < 21:40 > Comme tu veux

Sache que, je suis là

…

Gaby : < 21:45 > Merci

Je suis fatiguée. Si ça ne te dérange pas. Je vais te laisser pour ce soir. ;)

Adam : < 21:46 > Très bien, mais ne laisse pas trop longtemps. S'il te plaît ;)

Dors bien

Gaby : < 21:47 > Non pas longtemps :)

Bonne nuit Monsieur

Adam : < 21:48 > Bonne nuit Madame

25. Émotion…

Adam : < 21:01 > Bonsoir

Gaby : < 21:01 > Bonsoir Monsieur.

Comment ça va ?

Adam : < 21:02 > Il faut que je te dise quelque chose

Gaby : < 21:02 > Ha, rien de grave, j'espère ?

Adam : < 21:03 > J'ai bien réfléchi et je pense qu'on doit tout arrêter

Gaby : < 21:03 > Ha !!

Adam : < 21:04 > Oui, c'est mieux ainsi.

J'aime Ashley, c'est la femme de ma vie. Je dois aller de l'avant et pour cela, je dois en finir avec toi

Gaby : < 21:05 > La dernière fois encore, tu étais contre!!!

Qu'est-ce qui t'as fait changer d'avis ?

Adam : < 21:06 > J'ai enfin entendu raison.

Je vais mieux, et tu l'as dit toi-même, jamais il n'y aura rien entre nous.

Alors dis-moi ce que tu voulais me dire et finissons-en

Gaby : < 21:07 > Finissons-en ?

Adam : < 21:07 > Oui, il est temps et plus que temps d'en finir

Adam : < 21:08 > Tu es d'accord ?

Gaby : < 21:08 > Deux secondes.

Adam : < 21:08 > Il n'y a rien à réfléchir. J'ai pris ma décision et je m'y tiendrais

Gaby : < 21:09 > Tu m'as l'air bien pressé ce soir !!!

D'accord ou pas, tu sais bien qu'il te suffit d'arrêter de m'écrire…

…

Adam : < 21:11 > J'aimerai que tu m'aides… En ne répondant pas si je t'écris à nouveau

Adam : < 21:11 > Tu en dis quoi ?

…

Gaby : < 21:13 > Tu veux arrêter, mais tu comptes sur moi pour le faire ???

Adam : < 21:14 > Je sais, je suis faible

Si j'ai compté pour toi, fais-le pour moi

…

Gaby : < 21:16 > Si c'est vraiment ce que tu souhaites Ashley

Adam : < 21:16 > Oui

…

Gaby : < 21:18 > Bonsoir Ashley.

Tu crois qu'Adam va le prendre comment quand il va savoir que tu lui as pris son téléphone ?

…

Adam : < 21:20 > Tu te trompes, c'est moi, je suis Adam

…

Gaby : < 21:22 > Très bien, puisque tu le prends comme ça. Je souhaite y réfléchir un peu et je te recontacterai dans les jours qui viennent…

…

Adam : < 21:24 > Très bien, c'est moi. Je suis bien Ashley.

Adam : < 21:24 > Bonjour Ashley

Adam : < 21:25 > Bonjour Gaby

Gaby : < 21:25 > Comment avez-vous fait pour avoir son téléphone ?

Adam : < 21:26 > J'ai échangé nos téléphones, on a le même modèle, mais pas de la même couleur.

Ce soir en partant vers 19h30, j'ai pris le sien dans mon sac et je lui ai laissé le mien.

Gaby : < 21:27 > Malin, mais s'il apprend que vous avez lu nos messages et communiqué avec moi dans son dos. Il ne vous le pardonnera jamais !!!!

Adam : < 21:28 > Je le sais bien

Vous m'avez coincée. Je n'avais plus d'autre choix que d'avouer.

Gaby : < 21:29 > Qui vous dit que je ne vais pas lui dire ?

Adam : < 21:29 > Rien. Je vous en supplie, ne lui dites rien !!!

Gaby : < 21:30 > Pourquoi avoir pris ce risque ?

Adam : < 21:30 > Je l'aime !!!

Parce qu'à chaque fois que je lui parle de notre avenir, je le sens bizarre, évasif, sur la réserve…

Et puis cette volonté d'être seul le soir pour soi-disant se retrouver…

J'ai pensé à une autre femme, mais jamais je n'aurai imaginé ça…

Comment me battre contre une rivale virtuelle

Gaby : < 21:31 > Bon. Du calme !!!

Au point où on en est. On pourrait commencer par se tutoyer non ?

Adam : < 21:32 > On ne va pas devenir des amies

Gaby : < 21:32 > Je ne suis pas une rivale !!!

Adam : < 21:33 > Je crois bien que si. En tout cas, c'est l'impression que j'ai eue après avoir lu tous vos messages.

Tous ces messages où vous parliez de tout et de rien… Toutes ces conversations, qu'on aurait pu avoir, mais qu'il a préféré avoir avec VOUS.

Comment ne pas voir en vous une rivale. Alors qu'il est déjà complètement conquis par votre esprit et qu'il ne souhaite qu'une chose, vous voir.

…

Gaby : < 21:35 > Pourtant tu as bien dû lire les messages. Ceux où je m'empressais de lui dire et qu'il n'y aurait jamais rien entre nous !!!

Adam : < 21:36 > Gaby ou qui que vous soyez ?

D'ailleurs, qui êtes-vous ?

Ou comme tu le souhaites, qui es-tu ?

Gaby : < 21:37 > Je ne suis personne. Juste quelqu'un de passage qui souhaite conserver son anonymat et qui a aidé quelqu'un dans le besoin.

Et tu peux continuer à m'appeler Gaby.

Adam : < 21:38 > Très bien Gaby

Oui je les ai lus. Tu t'en doutes bien, mais on parle là d'un homme et tu sais bien que certains mots, certaines phrases n'arrivent jamais jusqu'à leur cerveau !!!

Si je peux être franche avec toi, je te dirai que tant que tu seras en contact avec lui, il pensera qu'il a une chance !!!

Gaby : < 21:39 > En tout cas, on ne peut pas dire que tu manques de franchise !!!

J'aime

Adam : < 21:40 > Puisque tu aimes la franchise, alors permets-moi de te dire encore que de parler à mon homme, d'une autre femme potentielle. Cette Allyson, même si je compatis avec sa vie, ne m'a pas particulièrement plu et c'est un euphémisme !!!

Gaby : < 21:41 > Je comprends. J'avoue qu'à ta place cela ne m'aurait pas plu non plus.

Adam est un grand garçon et si tu penses, qu'il est influençable facilement, tu te trompes !!!

Mais je comprends que tu sois remontée après moi

Adam : < 21:42 > Remontée moi, mais tu te trompes

Je suis en colère, comment ne pas l'être !!!

En lisant tous ces messages, voir cette complicité naître entre vous et se renforcer, jour après jour… Alors même qu'il me voyait !!!

Comment ne pas être jalouse en remarquant qu'elle est plus forte qu'entre lui et moi !!!

Je l'aime, comment lutter contre toi, comment lutter contre un avatar !!!

…

Gaby : < 21:44 > Cette complicité ma également surprise. Oui je l'ai recherchée, oui je l'ai tolérée, mais maintenant je m'aperçois avec toi qu'elle est devenue gênante…

Je suis désolée. Rien de tout cela n'était prémédité.

…

Gaby : < 21:46 > On fait quoi maintenant ? Que veux-tu de moi ?

…

Adam : < 21:48 > Tu l'as beaucoup aidé c'est certain. Et pour cela, ses enfants et moi, on ne te remerciera jamais assez.

Il va mieux. Il est sorti d'affaire et tu l'as dit toi-même dès le début ce n'était que passager.

Alors laisse-nous. Laisse-nous nous occuper de lui dès à présent.

Je souhaite, que tu rompes tout contact avec lui.

Gaby : < 21:49 > Très bien. Je lui dirai demain ce que je lui ai promis. On fera nos adieux et se sera fini.

Adam : < 21:50 > Je ne sais pas ce que tu as de si important à lui dire, mais si l'on veut être sûr qu'il ne cherche plus à te contacter. Il faut que cela vienne de toi et sans explications.

Je sais que ce n'est pas facile et que je te demande beaucoup, mais c'est pour son bien.

Gaby : < 21:51 > Tu te rends compte de ce que tu me demandes. Tu me prives de tout adieu… Toute la souffrance que ça va engendrer…

Adam : < 21:52 > Tu me le dois. Vous me le devez bien tous les deux. Vous m'avez bien pris pour une conne.

Gaby : < 21:53 > Je ne te dois rien du tout Ashley !!!

Si je décide… de le faire… je ne le ferai que pour lui

Adam : < 21:54 > Tu sais bien que c'est la seule façon de faire. Que lui n'arrêtera jamais !!!

Tu te rends bien compte qu'il ne pourra pas avancer dans sa vie tant que tu seras là !!!

Je te promets, je le rendrai heureux. Je suis prête à lui consacrer ma vie entière !!!

…

Gaby : < 21:56 > JE peux y réfléchir ?

Adam : < 21:56 > Je n'aurai pas d'autre occasion de prendre son téléphone alors il me faut une réponse

…

Adam : < 21:58 > Gaby c'est pour son bien

…

Gaby : < 22:00 > C'est si…

Adam : < 21:01 > Je comprends, mais il me faut une réponse !

…

Gaby : < 22:02 > J'avais imaginé nos adieux de manière si différente. Je savais que ce jour était proche, mais pas comme ça !!!

Non pas comme ça

Ce que tu me demandes va lui briser le cœur…

Adam : < 22:03 > Quelquefois on a besoin d'un électrochoc pour pouvoir repartir !!!

…

Gaby : < 22:05 > Ne pas pourvoir, lui dire adieu…

Ne pas pouvoir tout lui expliquer !!!

Il va me haïr. Je ne sais pas si je pourrai…

J'aurais voulu lui dire tant de choses, que lui aussi m'a aidé

Je ne croyais plus en rien, j'avais même demandé à Dieu… de l'aide ou une preuve de son existence

Et Adam est arrivé…

Adam : < 22:06 > Il compte pour toi ?

…

Gaby : < 22:08 > Il ne saura jamais à quel point

Adam : < 22:09 > Alors tu sais que c'est la meilleure chose à faire

…

Gaby : < 22:10 > N'oublie pas ta promesse Ashley !!!

Pense à effacer nos messages !!!

Prends soin de lui… Rends-le, heureux. Il le mérite.

Adieu Monsieur

Adieu Adam

Adieu Gaby

…

Adam : < 22:15 > Merci

26. Absence, premier jour

Adam : < 21:01 > Bonsoir Madame

…

Adam : < 21:04 > Allô, il y a quelqu'un ?

…

Adam : < 21:06 > Houston on a encore un problème, la ligne semble être coupée :)

…

Adam : < 21:15 > Bon, je crois que ce soir, il n'y aura pas de Gaby au programme…

…

Adam : < 21:20 > 20 minutes toujours personne. Tu exagères !!!

…

Adam : < 21:25 > Comme c'est la première fois, je suis gentil, je vais passer l'éponge, mais il ne faut pas que ça se reproduise :)

…

Adam : < 21:31 > Je te dis à demain ;)

…

Adam : < 21:33 > À demain Madame

27. Deuxième jour

Adam : < 21:01 > Bonsoir Madame

…

Adam : < 21:03 > Ça va ?

…

Adam : < 21:05 > Tu es là ?

…

Adam : < 21:08 > J'espère que tu n'as pas trouvé mieux pour tes soirées ;)

Adam : < 21:09 > Cherche pas. Tu ne trouveras pas mieux que moi pour te divertir. ;)

…

Adam : < 21:14 > Ce n'est pas cool de me laisser sans nouvelles !!!

Si tu as pris quelques jours de vacances, tu aurais pu au moins me le dire !!!

…

Adam : < 21:20 > Si tu me fais la gueule dis-le-moi. J'aimerais être au courant et accessoirement savoir pourquoi.

…

Adam : < 21:26 > Bon, j'espère que tu seras là demain

…

Adam : < 21:31 > À demain Madame pas là

28. Troisième jour

Adam : < 21:01 > Bonsoir Gaby

…

Adam : < 21:05 > Bon, ça commence à m'inquiéter.

…

Adam : < 21:07 > Trois jours déjà que je n'ai plus de tes nouvelles !!!
Un petit coucou pour dire que ça va me ferait du bien.

…

Adam : < 21:09 > J'espère qu'il n'y a rien de grave !!!
Qu'il ne t'est rien arrivé.

…

Adam : < 21:15 > Suis très inquiet, cela ne te ressemble pas…

…

Adam : < 21:25 > Écoute, on oublie les règles. Dès que tu le peux, contacte-moi. Quel que soit le moment de la journée ou de la nuit.

…

Adam : < 21:30 > Bonsoir Madame je me laisse désirer

29. Quatrième jour

Adam : < 21:01 > Bonsoir Madame

…

Adam : < 21:05 > Bon, toujours personne à ce que je vois

…

Adam : < 21:10 > Je suis têtu. Si tu crois que je vais laisser tomber, c'est que tu ne me connais pas…

…

Adam : < 21:21 > Écoute peut-être peux-tu lire mes messages, mais que tu ne peux pas y répondre alors…

Je vais faire comme…

Il faut que je te raconte un truc qui m'est arrivé ce soir…

Adam : < 21:22 > Je regarde chaque soir le dossier de correspondance de Billy. Ce soir, il avait l'air bizarre, il n'était pas pressé de me le donner.

J'insiste et je remarque un mot de la maîtresse.

Billy a été puni pour arrogance envers la maîtresse!!!

Tu imagines bien ma réaction… Mais il y a pire…

J'aperçois à la fin du mot, ma signature !! Enfin l'esquisse de ma signature !!!

Mon sang n'a fait qu'un tour.

Je ne savais pas comment répondre. Je n'y étais pas préparé. Il n'a que 6 ans !!!

Adam : < 21:23 > Pris à l'improviste, je lui dis que je suis très en colère après lui et que l'on réglerait cela demain.

Adam : < 21:24 > Le lendemain, j'en ai profité pour demander conseil à Ashley

Adam : < 21:25 > Tu sais ce qu'elle m'a dit ?

…

Adam : < 21:27 > Que ce qu'il avait fait, était très mal, qu'il fallait être très ferme, sévir afin qu'il prenne peur et que plus jamais il ne récidive…

…

Adam : < 21:29 > Tu sais quoi ?

…

Adam : < 21:31 > Je me suis demandé ce que tu m'aurais répondu à sa place.

…

Adam : < 21:35 > Tu aurais commencé certainement par hihihi…

Puis tu m'aurais dit que mon fils était précoce. Qu'à 6 ans cela tenait de l'exceptionnel…

Qu'il fallait lui faire comprendre que d'imiter ma signature était un acte encore plus grave que la punition. Que cela avait mis à mal la confiance que j'avais en lui et qu'il fallait qu'il la regagne…

…

Adam : < 21:40 > Voilà ce que j'aurai aimé qu'Ashley me dise…

…

Adam : < 21:43 > Ashley et moi. Je ne sais pas. Je ne sais plus. Et toi qui ne réponds pas.

J'ai l'impression que plus rien ne va

…

Adam : < 21:50 > Reviens moi Gaby

…

Adam : < 21:55 > Nos discutions me manquent…

…

Adam : < 21:57 > Tu me manques…

…

Adam : < 22:00 > Bonne nuit Madame la sage

30. Première semaine

Adam : < 21:03 > Bonsoir Madame

…

Adam : < 21:10 > Une semaine sans nouvelle…

Adam : < 21:11 > J'espérai que tu sois partie en vacances et qu'à ton retour tu me ferais un petit coucou…

…

Adam : < 21:15 > Il faut croire que tu n'es pas partie en vacances comme je l'espérais

…

Adam : < 21:23 > Je n'arrive pas à me résoudre à ton silence…

Adam : < 21:24 > J'espère que tu vas bien

…

Adam : < 21:26 > Je ne te demande pas grand-chose. Juste un petit message qui me dit que tu vas bien

…

Adam : < 21:31 > Ensuite si tu veux qu'on arrête, on arrêtera !!!

Mais réponds-moi

…

Adam : < 21:40 > Je n'ai plus personne à qui me confier !!!

…

Adam : < 21:45 > Si tu étais là je te dirais que ça ne va pas fort avec Ashley

…

Adam : < 21:47 > On n'arrête pas de se prendre la tête, pour des riens en plus…

Ce soir par exemple, elle nous a proposé de dormir chez elle.

C'est gentil, mais j'ai refusé. Les enfants ont école demain et c'est compliqué le matin si on part de chez elle, mais bon…

Je lui ai donc répondu non. Que j'avais du travail en retard, que je voulais être chez moi pour 20 heures afin de pouvoir coucher les enfants pas trop tard.

Tu aurais vu sa réaction, elle a élevé la voix, une vraie hystérique !!!

Tu me connais, je n'ai pas apprécié du tout.

Elle m'a reproché d'être ailleurs depuis quelques jours. De ne pas vouloir m'engager, qu'à chaque fois qu'elle voulait aller de l'avant, moi je freinais des quatre fers !!

Cela s'est arrangé, elle s'est excusée, mais…

…

Adam : < 21:50 > Je pense que cela doit venir de moi.

Depuis que tu es partie, je ne suis plus le même…

Elle aussi a l'air différente, de me voir dans cet état, la rend folle !!

...

Adam : < 21:53 > Elle se rend compte que quelque chose ne va pas...

Je ne peux rien lui dire évidemment.

Elle ne comprendrait pas... Qui pourrait le comprendre... Moi-même j'ai du mal.

...

Adam : < 21:57 > Depuis une semaine, j'ai l'impression d'écrire un journal intime par SMS...

Je ne vais pas bien... C'est certain...

Juste un mot, je ne te demande qu'un mot.

...

Adam : < 22:02 > Je souffre. Ne le vois-tu pas ?

...

Adam : < 22:33 > Bonne nuit Madame l'absente

31. Deuxième semaine

Adam : < 21:02 > Bonsoir Gaby

...

Adam : < 21:11 > Cela fait maintenant deux semaines que je t'écris presque chaque jour et que tu ne me réponds pas !!!

...

Adam : < 21:22 > Les mots me manquent pour te dire à quel point tu me manques...

...

Adam : < 21:26 > Maintenant, je commence à me dire « Si je n'avais plus jamais de ses nouvelles »

...

Adam : < 21:28 > J'ai la gorge nouée rien qu'à cette idée !!!

Deux semaines, 14 jours sans un mot, sans aucune explication, c'est long

Adam : < 21:29 > Si je devais te dire A----

Je ne saurais même pas par quel mot commencé...

…

Adam : < 21:31 > Merci me semble être le bon

Merci Gaby. Merci pour tout.

Je suis un homme et ce n'est pas facile de dire ces choses-là, sans avoir peur de passer pour une chochotte…

Ce premier soir, quand tu m'as répondu, j'étais au plus mal, je tenais à peine le coup et les idées noires tournaient autour de moi.

Un rayon de lumière dans cette noirceur. Voilà ce que tu as été pour moi.

Une lumière qui a su me guider tout au long de nos échanges nocturnes vers des cieux plus cléments.

…

Adam : < 21:36 > De confidente nocturne, tu es devenue une amie, une amie chère à mon cœur

Je peux te l'avouer, bien souvent tu occupais aussi mon esprit la journée…

Je me demandais ce que tu pouvais bien faire à ce moment-là

Avec qui tu étais.

Si je te manquais.

Je sais, c'est idiot… Mais c'est vrai

…

Adam : < 21:37 > Si tu ne me réponds plus jamais… Tu vas me manquer, beaucoup, beaucoup.

Ce soir, comme tu peux le voir, je n'ai pas le moral. Cela ne m'était plus arrivé depuis toi.

Tu vois, dès que tu n'es plus dans ma vie, elle part en vrac…

Reviens

…

Adam : < 21:45 > Ne m'oblige pas à te supplier.

…

Adam : < 21:50 > Voilà, je t'en supplie. Tu es contente !!!

…

Adam : < 22:01 > Très bien, comme tu voudras…

…

Adam : < 22:11 > J'espère juste que tu as une bonne raison, une fichue bonne raison.

…

Adam : < 22:23 > Bonne nuit Gaby

Carl Rodrigues

32. Troisième semaine

Cela faisait maintenant trois semaines et il était toujours sans nouvelles de Gaby.

Adam traversait à nouveau un calvaire. Il ne se passait pas une heure sans qu'il ne pensa à elle ni qu'il ne regarda son téléphone dans l'espoir d'un message.

Le temps devrait pourtant adoucir ce manque, mais rien ni faisait, il attendait toujours un signe d'elle…

Il lui fallait l'admettre, elle lui manquait, sans elle ni leurs messages, il n'était plus le même…

Au point que cela en était venu à perturber sa relation avec Ashley.

L'absence de Gaby aurait pu, aurait dû, les rapprocher. Et c'était tout le contraire, chaque jour sans nouvelles ne faisait que les éloigner.

Leur relation était devenue si tendue qu'Adam se demandait s'il ne fallait pas tout arrêter avec Ashley.

Mais pourquoi Gaby ne répond-elle pas ?

Au fil des jours, ils étaient devenus proches, si complices…

Il n'arrêtait pas de poser ces mêmes questions.

Ou était-elle ?

Que faisait-elle ?

Allait-elle bien ?

Elle ne l'aurait pas délibérément laissé comme ça.

Jamais elle ne lui aurait voulu du mal. Il en était persuadé, il lui était arrivé quelque chose. À cette pensée, son cœur se serrait comme dans un étau. Les premiers jours, Adam pensa qu'elle avait voulu faire une pause dans leurs échanges et qu'il n'allait pas tarder à avoir de ces nouvelles. Les jours suivants, il ressassa sans arrêt leurs derniers messages, puis il avait fini par se résoudre. Elle avait voulu et fait en sorte qu'il ne puisse pas la retrouver alors que faire d'autre que d'attendre. Il lui avait laissé des dizaines de messages et elle ne lui répondait toujours pas…

Puis il en vint à penser, peut-être valait-il mieux que cela finisse comme cela.

Lui jeune veuf, à peine sa jeune femme enterrée et le voilà qui tombe amoureux d'une parfaite inconnue. Qui plus est par SMS, si ce n'était pas pathétique. Avouez qu'il y avait de quoi rire non. Là, il avait fait fort, très fort. Elle avait été ces derniers temps, plus distante. Il l'avait bien senti dans son écriture, à sa manière d'écourter les discussions, de vouloir parler de la fin de leur relation.

Il l'avait tout d'abord attribué à son rapprochement avec Ashley, mais il y avait autre chose.

Il ne savait pas quoi, mais il le ressentait. Et puis cette insistance à lui parler de cette Allyson…

C'était comme si elle avait voulu se débarrasser de lui, jouer les entremetteuses et puis partir. Cela ne lui allait pas du tout, un truc clochait…

Il la connaissait, il ne pouvait pas se tromper à ce point-là.

Trois semaines déjà, toujours rien, même pas une explication, il n'en pouvait plus.

Il était 17h30. Il faisait beau. Toujours dans ses pensées, Adam surveillait ses enfants au parc pour enfants quand tout à coup, il eut la révélation…

« Tu l'aimes, tu l'aimes à en mourir. Qu'est-ce que tu fais là. Bouge-toi. Tu dois le lui dire et dire la vérité à Ashley »

Adam saisit son téléphone, et commença à écrire un message.

Adam : < 17:31 > Je t'aime Gaby.

Adam : < 17:31 > Reviens. Je t'en prie. Je n'arrive pas à vivre sans toi.

…

Adam : < 17:32 > Je sais ce que je dois faire.

Adam : < 17:32 > Je vais rompre avec Ashley.

Adam : < 17:33 > Appelle-moi.

33. Un mois

Adam : < 18:01 > Je viens de rompre avec Ashley !!!

Comme tu t'en doutes, cela ne sait pas très bien passer.

Pour faire court, elle m'a tout dit...

Qu'elle ait pu me faire ça me conforte dans mon choix. On n'était pas fait pour être ensemble...

Mais toi, comment as-tu pu me faire ça Gaby !!!

Comme elle a effacé vos messages, je n'ai que sa version. Et j'ai du mal à croire ce qu'elle m'a dit !!!

Mais vu ton silence, il faut bien se résoudre à la croire.

...

Adam : < 18:20 > Apprendre que je n'ai été qu'un jouet entre vos mains...

Je suis grand et je fais seul mes choix !!!

...

Adam : < 18:31 > Je t'en veux. Comment as-tu pu accepter ?

…

Adam : < 18:41 > Moi qui croyais que je comptais aussi pour toi.

…

Adam : < 18:45 > Mes messages ont bien dû te faire rire.

…

Adam : < 18:48 > Je me sens trahi.

Je méritais une explication. Notre histoire méritait une autre fin…

…

Adam : < 18:51 > Quand on aime, on devient con…

On met notre cerveau en veille, car l'amour n'a rien de réfléchi. On accepte de souffrir. Et plus on aime, plus on souffre.

Quelle logique de merde !!!

Pourquoi avoir à supporter tout ça ???

C'est la deuxième fois que je souffre autant par amour. Je t'assure, c'est la dernière !!!

Je souhaite qu'une chose, ne plus jamais aimer. Ça n'en vaut pas la peine. Ça fait trop de mal.

L'amour de mes enfants devrait me suffire.

…

Adam : < 19:00 > Puisque ça a été ton choix…

Adam : < 19:01 > Je te dis Adieu…

…

Adam : < 21:00 > Je regarde l'horloge et je remarque que c'est l'heure à laquelle on avait l'habitude de se contacter.

C'est le bon moment de se quitter…

Je n'ai pas de honte à dire que ces mots me coûtent…

Que je pleure en les écrivant…

Mais ce seront mes derniers pour toi.

Adieu hihi…

Adieu Madame…

Adieu ma Gaby…

34. Rose

Petite femme, rousse aux yeux bleus, Rose avait une repartie et un caractère bien trempé. Toute sa vie, elle avait combattu. Rien ne lui était arrivé sans qu'elle n'eût à le gagner. Fille d'agriculteurs, quatrième et dernier enfant, à la mort de son père, sa maman ne pouvant subvenir aux besoins de tous ses enfants, elle fut confiée à l'âge de six ans à son oncle. Celui-ci en mal d'enfant, l'a recueillie avec sa femme et ils l'élevèrent comme si elle avait été leur propre enfant. Débrouillarde, intelligente et malgré ce départ dans la vie difficile, elle entreprit et réussit de brillantes études.

Elle avait connu diverses histoires amoureuses, mais n'avait eu que deux enfants, de deux mariages différents et tout cela pour finir célibataire. C'était par choix de liberté, car elle pouvait avoir tous les hommes qu'elle voulait à ses pieds. Elle avait été considérée par sa famille comme un vrai garçon manqué, le vilain petit canard c'était-elle.

En avance sur les mœurs de son époque, elle ne supportait pas d'être cantonnée au rôle dit pour filles et pour ne rien arranger, son humour et sa repartie faisaient souvent mouche.

Chaque membre de la famille connaissait au moins une anecdote sur elle et son franc parlé. Et ses choix pour des métiers dits exotiques pour l'époque finiront par la couper définitivement d'une grande partie de sa famille.

Elle avait ouvert la voie parmi tant d'autres, à bon nombre de femmes de son temps. Prouvé à certains hommes qu'une femme pouvait faire jeu égal avec eux et dans certains cas mêmes mieux. Elle incarnait parfaitement le mot courage. Jamais un mot sur sa souffrance, jamais de plaintes, c'était une battante et comme elle aimait à le dire « Je suis une guerrière et une guerrière ne se plaint pas ».

Et puis elle avait vécu tellement de vies. Gardienne de moutons en Australie, éleveuse de chevaux dans l'Ouest américain, chercheuse de trésor sous-marin sous les tropiques et j'en passe. Jusqu'à ce qu'elle trouve enfin sa voie.

À l'époque ou le mot même écologie était inconnu, elle se mit en quête de tous les secrets de beauté des femmes qu'elle rencontrait au fil de ses pérégrinations à travers le monde. Une fois de retour, elle fonda une société de cosmétiques basée sur ces mêmes produits entièrement naturels et se distingua par son altruisme en associant les femmes rencontrées au développement de sa société.

Au lieu de les spolier, elle les responsabilisa en nommant chacune d'elles responsable locale des produits. Les associant ainsi non seulement à la production, mais aussi aux bénéfices.

Elle prospéra en même temps que son entreprise et devint très vite quelqu'un d'important au sein de la bourgeoisie locale, mais sans toutefois ne jamais adhérer à leur code.

C'était une vraie guerrière au sens noble du terme. Elle s'était battue toute sa vie et elle l'avait fait sans jamais se retourner. La nostalgie s'était pas son credo et elle avait en horreur le « c'était mieux avant ».

Pourtant ce fameux mercredi, lorsque le médecin lui annonça qu'elle était atteinte d'un cancer du pancréas au stade 3. Rose sentit à sa voix que cette fois-ci lutter serait inutile.

— Combien de temps encore Docteur ?

— Sans traitement, six mois tout au plus. Je suis navré, Rose, j'aimerais tellement que cela soit différent.

— Avec traitement ?

— Vous savez que je vous apprécie beaucoup Rose. Il y a en effet un nouveau traitement, mais il est très invasif et sans aucune garantie.

— C'est sans espoir ?

— En tant qu'ami ou en tant que médecin ?

— En tant qu'ami.

— Posez-vous cette question : que souhaitez-vous ? Profiter de ces derniers moments avec vos proches ou bien rester enfermée dans un hôpital, sans aucune certitude quant à la fin.

— Merci Docteur. Je vous tiendrai informé de ma réponse.

— Ne tardez pas trop Rose.

— Oui. Ce que je souhaite le plus, c'est de ne pas être un poids pour ma famille.

— Je comprends. Si vous le voulez, je connais une résidence médicalisée très bien. Vous pourriez y être comme à la maison, mais avec les meilleurs soins possible. Et puis si vous décidez de suivre le traitement, il pourra être également administré sur place.

— C'est gentil. Pour l'instant, j'aimerais être seule. J'ai besoin d'un peu de temps pour y réfléchir.

Rose finit par se décider. Elle refusa tout traitement afin de profiter de ces derniers moments au mieux auprès de sa famille.

Elle resta le plus possible chez elle, mais vint le jour où elle dut se résoudre à intégrer la résidence.

Elle ne voulait surtout pas être un fardeau pour sa famille. Elle avait peur, mais plus que tout, de prendre sa décision trop tardivement. Elle qui avait toujours été indépendante… il était temps.

Elle avait fait son choix.

La voilà donc attendant la fin, dans cette résidence, succursale quatre étoiles de la mort. Priant Dieu pour que cela se passe au mieux, lorsqu'un soir son téléphone vibra…

Ce téléphone, c'était Allyson qui le lui avait offert. C'était d'après elle un moyen de rester en contact permanent.

Mais là, elle exagérait un peu. La situation n'était pas évidente pour elle non plus, mais lui écrire à cette heure-ci alors qu'elles avaient passé la journée ensemble. Elle y allait fort tout de même.

Quelle ne fut pas sa surprise en lisant le message et en s'apercevant qu'il venait d'un parfait inconnu…

Elle qui pensait que tout était joué d'avance pour elle. Dans l'antichambre de la mort, le destin en avait décidé autrement.

Adam fit, ce qu'aucun médecin ni traitement n'auraient pu faire. Au fil de leur échange, Rose se sentit mieux, au point même de croire en une rémission, à un miracle.

L'échange avec Ashley changea tout. Le monde s'effondrait à nouveau sous ses pieds. Elle s'était préparée à lui dire adieu, à tout lui révéler. Mais là, elle devait le quitter sans un mot, sans rien. Jamais il ne saurait qui elle est ni le pourquoi de son refus de le voir. C'était peut-être mieux comme ça après tout. De toute manière, Ashley ne lui laissait pas le choix.

Ce fût une décision difficile. Elle le faisait non à cause d'elle, mais pour lui. Comme tout était fini et qu'elle ne supporterait pas de voir les messages qu'Adam ne manquerait pas d'envoyer. Elle décida d'éteindre son téléphone.

Une fois fait, elle se sentit seule, sans but. Elle qui attendait avec impatience, tous les soirs, les messages d'Adam, ne savait plus quoi faire de ses soirées.

Les messages d'Adam allaient lui manquer terriblement et elle espérait qu'elle aussi lui manquerait un peu…

Elle se demanda pourquoi le destin les avait réunis, si c'était pour les séparer au final. Son rôle se limitait-il à sauver Adam ? Alors elle pensa qu'elle devait y être parvenue. C'était tout ce qu'il comptait pour elle en ce moment, son bonheur.

Elle avait pris sa décision, et c'était un aller simple sans retour possible…

35. Fin

Allyson se trouvait devant une porte, cette porte, elle l'avait ouverte tellement souvent ces derniers temps. À chaque fois, c'était un bonheur que de la retrouver, mais cette fois, elle le savait, elle ne serait pas là. Derrière, elle ne trouverait que chagrin et tristesse.

Elle saisit la poignée, inspira une grande bouffée d'air et entra.

La chambre était assez spacieuse. Le décor était sobre, rien d'ostentatoire, à son image. Elle remarqua que rien n'avait bougé depuis sa dernière visite. Le personnel l'appréciait tout particulièrement et avait mis un point d'honneur à ne rien toucher avant sa venue. Cela ne l'étonna pas outre mesure. Elle avait su partout et tout au long de sa vie se faire aimer. Elle faisait partie de ces rares individus, qui où qu'elle passe, marquent indéniablement et profondément les personnes rencontrées.

Allyson s'approcha de son petit bureau où étaient encore disposées toutes ces affaires de maquillage. Elle s'assit sur son fauteuil, prit avec délicatesse son parfum, le sentit en fermant les yeux puis regarda toutes les photos éparpillées tout autour. Elle en saisit une devant elle et se retint de pleurer.

Caressant délicatement son visage sur la photo, elle se rendit compte à quel point elle avait toujours été jolie, très jolie même.

Elle était tout pour Allyson, elle lui devait tant... Et elle n'était pas certaine de le lui avoir suffisamment montré.

Sa tâche du jour était simple, réunir et préparer toutes ces affaires afin de les ramener à la maison, sa maison dorénavant. Toutes ces photos sur son bureau retraçaient une vie bien remplie. Elle avait rencontré tellement de personnes importantes qu'elle avait l'impression d'assister à une exposition historique. Cette histoire, son histoire, faite de grands bonheurs, mais aussi de tragédies s'étalait là, devant elle.

Quand elle prit sa brosse à cheveux, ce fut plus fort qu'elle. Elle la porta à son nez, respira encore une fois son odeur. L'émotion la submergea et une larme roula le long de sa joue.

Son esprit vagabonda quelque temps en arrière. Elle avait souffert, si souffert, et ce sans jamais se plaindre. Elle espérait au moins lui avoir été d'une certaine aide. Elle qui avait toujours été là, même après tous ses mensonges, ses trahisons, elle ne l'avait jamais laissé tomber.

Elle l'avait accueilli sans questions, un soir d'automne alors qu'une fois de plus, elle avait fui son mari violent. Elle l'avait aidé à remonter la pente, et ce fut encore elle qui l'aida dans les démarches pour son divorce. Sans remontrances, ni jugement, elle était la bienveillance même.

Le monde sans elle ne serait plus jamais le même. Ce monde avait perdu de sa valeur. Il avait perdu quelqu'un de bien et le jour de sa mort ce même monde s'était couché moins bon. Pourtant il continuait de tourner comme si de rien n'était. Mais elle, Allyson avait perdu ce qu'elle avait de plus cher. Le seul être qui avait été bienveillant avec elle, qui avait su lui accorder tout son amour sans rien attendre en retour.

Que c'était dur d'envisager la vie sans elle…

Elle devait se reprendre, ne pas se laisser gagner par le chagrin, elle avait une tâche à accomplir.

Après deux bonnes heures de rangement, tous les cartons étaient prêts. Les déménageurs n'avaient plus qu'à transférer le tout, le lendemain à son domicile.

Elle regarda tout autour d'elle et se mit à penser qu'on était bien peu de chose. Elle se demanda alors : « Moi, aurais-je quelqu'un lorsque mon heure sera venue ? Aurais-je mon Allyson ? Et surtout, serais-je un jour la Rose de quelqu'un ? »

Le lendemain comme convenu, les déménageurs arrivèrent vers 11heures et demandèrent où déposer les cartons. Allyson avait préparé sa chambre à l'étage afin de les accueillir. Elle souhaitait que cette chambre reste telle qu'elle l'avait souhaitée, mais qu'on est l'impression qu'elle soit toujours habitée, vivante, quitte à bouger certaines photos ou accessoires, chaque jour. Jamais elle n'aurait supporté que sa chambre devienne un mausolée.

Une fois les déménageurs partis, Allyson se rendit dans la chambre. Elle avait prévu de commencer sans tarder à les ouvrir, mais là, devant tout ce qui restait de sa vie, elle fondit en larmes.

Elle n'avait pas pleuré depuis l'enterrement, mais c'en était trop pour elle. Elle tourna les talons, ferma la porte, essuya ses larmes et se promit de le faire dès le lendemain.

Une fois en bas, elle se remémora l'enterrement. Il y avait un monde fou. L'église était pleine à craquer de gens, dont la majorité lui était de parfaits inconnus. Jamais elle n'aurait cru cela possible, elle si discrète.

Ce fût-là, qu'elle se rendit compte réellement de la popularité de Rose.

Ces personnes n'avaient aucune obligation et pourtant certaines étaient venues de très loin, juste pour la journée. Chaque personne rencontrée ce jour-là lui raconta une anecdote sur elle. Tous lui dire à quel point ils étaient malheureux, mais en même temps fiers de l'avoir croisée.

Si elle avait pu assister à ses obsèques, elle aurait été heureuse de voir autant de monde. Elle se serait sûrement moquée, en disant : « Tu ne trouves pas cela étrange, toutes ces tournures de phrases. Elle nous a quittés, elle est partie. Tout cela pour ne pas dire. Elle est morte, elle est décédée »

Pourtant ces fameuses tournures de phrases, je les ai adoptées également. C'est lorsqu'on est touché au plus profond de nous-mêmes qu'on réalise à quel point c'est difficile de prononcer certains mots.

...

Cela faisait un mois et une semaine maintenant, il était temps pour elle de tourner la page et de ranger toutes ces affaires. Elle monta à l'étage, entra et se dit : « bon d'abord le ménage, ensuite les cartons ».

Une fois fini, elle commença par le carton le plus proche, il y avait toutes ces robes et presque toutes lui rappelaient un souvenir particulier.

— Respire ma fille, sois forte. Elle te dirait quoi. Arrête de faire ta chochotte et va-de-l'avant.

Cela faisait maintenant plusieurs heures qu'elle rangeait et l'heure du déjeuner était passée depuis longtemps sans qu'elle ne s'en soit rendu compte.

— Allez encore celui-là et je finirai le reste demain.

Ce carton, Allyson ne le savait pas encore, mais c'était le dernier cadeau de Rose pour elle.

Allyson trouva le smartphone au bout de deux petites minutes, le regarda, et se rappela le lui avoir offert le jour de son entrée dans l'établissement. Elles avaient trouvé ce moyen afin de rester toujours en contact et ainsi lui rendre la solitude moins pesante. Évidemment, il n'y avait plus de batterie et Allyson entreprit de retrouver le chargeur afin de le recharger et se remémorer leurs derniers échanges. Elle se demanda si elle avait fait des progrès dans la prise de photos. Cela leur avait valu à toutes les deux de mémorables fous rires. Une fois trouvé et branché, elle se dit qu'il était temps de descendre manger.

Après le dîner, elle se remémora le téléphone et se dit qu'il devait être suffisamment chargé. Elle se décida et alla le récupérer à l'étage. Après quelques secondes, le téléphone démarra.

— Pourvu qu'elle n'ait pas modifié le code.

Le code entré, le téléphone fit entendre tout un tas de sons. Les messages arrivaient par flots, en nombres importants et stupeur ce n'étaient pas les siens.

Dans un premier temps, Allyson se demanda si elle devait les lire. Puis la curiosité l'emporta, même si elle savait parfaitement qu'ils ne lui étaient pas adressés. Elle se dit : « il y a peut-être des messages importants et ce fameux expéditeur à lui aussi le droit de savoir, non ». Cela lui paraissait normal vu le nombre de messages non lus de le tenir au courant. Mais qui pouvait bien être cet Adam. Rose n'en avait jamais fait mention et elle se demandait maintenant pourquoi. Elle se décida donc à les lire.

Dans un premier temps, elle se sentit mal à l'aise. C'était comme lire un journal intime sans autorisation. Mais ce qu'elle lisait l'intriguait tellement que c'était plus fort qu'elle, elle dévorait les messages sans jamais s'arrêter.

Il était maintenant neuf heures du matin, Allyson n'avait pas dormi de la nuit, elle avait lu toute la correspondance entre Rose et Adam. Elle ne savait plus quoi en penser. Jamais elle n'aurait imaginé cela possible.

Elle était stupéfaite par sa lecture. Cet homme, cet Adam semblait être plein d'humour et de sensibilité. Ce qu'il a vécu avec ses enfants était une tragédie. On ne pouvait avoir que de la compassion pour eux. Mais jamais, elle n'aurait imaginé tel dénouement.

Tout s'expliquait. Maintenant, elle comprenait la dernière demande de Rose. Celle-ci avait demandé peu avant sa mort à ce qu'une inscription soit gravée sur sa stèle. Le graveur de Pierre malgré ces nombreuses années d'expérience et de demandes farfelues de nombre de ses clients, fut également surpris. C'était la première fois qu'on lui demandait de graver la tranche supérieure, un endroit peu visible. Et tout ça pour y ajouter « GABY »

Évidemment, elle l'avait questionné à ce sujet et la seule réponse de Rose fût : « J'aime ce prénom ». Sur le ton de, je ne t'en dirai pas plus.

Allyson pensa à un ancien amant, un certain Gabriel, quelqu'un qu'elle aurait aimé durant sa vie. Encore une fois, Rose avait su la surprendre même après sa mort…

Et apprendre qu'elle avait parlé d'elle à Adam, la laissait encore plus perplexe. Pourquoi avait-elle fait cela ? Dans quel but ? Et surtout pourquoi lui avoir caché cette relation à elle, sa confidente. Elle ne comprenait pas, et plus elle y réfléchissait et moins elle comprenait.

Elle ne s'était rendu compte de rien. Pourtant elles se voyaient tous les jours. Elle regarda plus attentivement les messages et s'aperçut qu'ils étaient tous émis le soir, rien durant la journée, excepté pour les derniers.

Que faire ? Peut-être, devait-elle prendre un peu de repos. Manger quelque chose, l'esprit clair, elle aviserait. Elle opta finalement pour une petite sieste dans sa chambre, mais au bout de 10 minutes n'y tenant plus, elle se décida à envoyer un message à Adam avec le portable de Rose.

Mais par quoi commencer…

Gaby : < 09:55 > Bonjour Adam, je suis Allyson.

…

Adam : < 10:12 > Allyson ???

Adam : < 10:12 > Bonjour

Adam : < 10:12 > Où est Gaby ?

Adam : < 10:12 > Pourquoi utilisez-vous son téléphone ?

…

Gaby : < 10:14 > Comment vous dire…

Gaby : < 10:14 > Je viens de lire votre correspondance avec celle que vous appeliez Gaby et je ne sais pas par où commencer.

Adam : < 10:15 > Vous avez lu nos messages ???

Gaby : < 10:15 > Oui.

J'ai trouvé son portable ce matin. J'ai voulu regarder à nouveau les photos qu'elle avait prises et je suis tombé sur votre correspondance.

Je ne voulais pas être indiscrète. Je vous l'assure, mais dès que j'ai commencé à lire, je n'ai pas pu m'arrêter.

Adam : < 10:16 > Vous avez tout lu ? Même les derniers messages ?

Gaby est au courant ?

Gaby : < 10:17 > Oui j'ai tout lu… Non, elle ne sait pas pour les derniers messages…

Adam : < 10:18 > Dites-moi qu'elle va bien ?

Gaby : < 10:18 > J'ai hésité à vous contacter. Je ne savais pas comment réagir à tout ça et je me suis dit qu'à votre place, j'aurais souhaité connaître la vérité.

En tout cas, j'aurais aimé avoir le choix.

Voulez-vous Adam connaître la vérité sur Gaby, même si cette vérité peut faire mal ?

Adam : < 10:19 > Elle est… ?

Gaby : < 10:19 > Elle n'est plus parmi nous Adam.

Adam : < 10:19 > Non !!

Pas ça… pas encore…

…

Gaby : < 10:21 > J'aimerais vous dire le contraire, croyez-moi Adam. Elle est décédée, il y a plus d'un mois.

…

Gaby : < 10:25 > On peut en rester là, si vous le voulez ?

…

Adam : < 10:30 > Je veux tout savoir sur elle, s'il vous plaît.

Gaby : < 10:31 > Elle est morte peu de temps après votre dernier échange. Si elle avait pu lire vos messages, je suis sûre qu'elle vous aurait contacté. J'estime que vous avez le droit de savoir.

Adam : < 10:32 > Je savais bien qu'elle ne m'aurait pas laissé sans nouvelles. Je me suis posé tellement de questions.

Gaby : < 10:33 > Les réponses à vos questions risquent de ne pas vous plaire Adam. J'insiste, mais êtes-vous sûr de vouloir continuer ?

Adam : < 10:34 > Oui !!!

Comment est-elle morte ?

…

Gaby : < 10:35 > Comme vous voulez, je vous aurais prévenu.

Adam : < 10:36 > S'il vous plaît Allyson, elle m'a beaucoup parlé de vous. Si vous êtes bien la personne dont elle m'a parlé, alors vous devez comprendre que j'ai besoin de savoir.

Gaby : < 10:37 > Très bien Adam, mais tout d'abord il y a une chose qu'elle ne vous a pas dite sur moi et qu'il faut que je vous dise.

Adam : < 10:37 > Laquelle?

Gaby : < 10:38 > Comme elle vous l'a dit, je suis quelqu'un de proche, mais elle a omis une chose.

Adam : < 10:38 > Je vous en prie allez droit au but.

Gaby : < 10:38 > Je suis sa petite-fille.

Adam : < 10:38 > Sa petite fille !!!

Mais vous avez quel âge ?

Je m'étais fait à l'idée que vous étiez de ma génération !!!!

Gaby : < 10:39 > C'est le cas Adam.

…

Adam : < 10:41 > Non, ce n'est pas possible.

C'est une plaisanterie et de très mauvais goût !!!

Gaby : < 10:41 > C'est la pure vérité.

Adam : < 10:42 > Une seconde, j'ai besoin de réfléchir…

…

Gaby : < 10:44 > On peut en rester là.

Adam : < 10:44 > Non. Maintenant faut aller jusqu'au bout de cette histoire.

Je veux connaître son véritable nom.

Gaby : < 10:45 > Très bien. Elle s'appelait Rose et c'était la plus merveilleuse des grands-mères. Je l'aimais énormément.

Adam : < 10:45 > Quel âge ?

Gaby : < 10:45 > Elle avait 65 ans.

…

Gaby : < 10:47 > Je vous avais prévenu.

…

Adam : < 10:49 > De quoi est-elle morte ?

Gaby : < 10:49 > Cancer du pancréas en stade terminal. Elle se savait condamnée et cela, elle le savait dès votre tout premier message.

…

Gaby : < 10:51 > Elle devait être suivie. À sa demande, elle a été placée dans un établissement médicalisé.

Pour cela, je lui ai offert un téléphone afin qu'elle puisse rester en contact avec moi à tout moment. Jamais je n'aurais imaginé les conséquences que cela allait entraîner pour vous deux.

…

Gaby : < 10:53 > Elle a étonné tous ces médecins, c'était une battante, elle avait dépassé tous leurs pronostics. J'ai même cru à un miracle, mais après son dernier message avec Ashley, elle s'est laissée aller…

Elle a éteint son téléphone et attendu la mort…

Adam : < 10:54 > Depuis le début, elle ne cessait de me dire qu'il n'y avait pas d'avenir… Et moi l'égocentrique, je ne voyais rien, elle parlait d'elle…

Gaby : < 10:55 > Ne soyez pas si dur.

Adam : < 10:55 > Comment ne pas l'être.

Elle m'a sauvé et moi qu'ai-je fait pour elle rien.

Je suis triste et en colère.

Triste parce que j'aurais aimé qu'elle ait assez confiance en moi et qu'elle me le dise elle-même.

En colère envers cette fichue maladie et Ashley, elles m'ont ôté tout espoir de la remercier.

Peut-être que c'est mieux comme ça. Je ne sais pas comment j'aurai réagi !!!

Gaby : < 10:56 > Vous avez été quelqu'un d'important pour elle et vous avez su rendre ces derniers jours moins douloureux. Je vous en remercie. C'était quelqu'un d'unique et vous êtes quelqu'un de bien.

…

Adam : < 10:58 > Elle aussi a beaucoup fait pour moi et je lui en serai éternellement reconnaissant… Elle va beaucoup me manquer. Elle me manque déjà énormément…

C'était mon amie, ma confidente et plus encore…

Gaby : < 10:59 > Je la voyais tous les jours et je pense être une des personnes qui la connaissaient le mieux. Je peux vous affirmer que ces derniers jours passés avec vous ont été heureux.

Adam : < 11:00 > Merci Allyson.

Gaby : < 11:01 > Rose a fait graver Gaby sur sa pierre tombale…

…

Gaby : < 11:03 > Ça va aller ?

…

Adam : < 11:16 > Oui.

Je dois faire avec… Mais au moins grâce à vous je connais la vérité.

Merci encore.

Gaby : < 11:17 > Je vais vous laisser. Contente d'avoir pu vous parler.

…

Adam : < 11:19 > Peut-on se voir Allyson ?

…

Adam : < 11:21 > Allyson

…

Gaby : < 11:26 > Je ne sais pas…

Adam : < 11:26 > Dites oui

…

Adam : < 11:28 > Elle me faisait confiance.

…

Gaby : < 11:30 > D'accord.

Adam : < 11:30 > Je vous appelle.

Merci

À ma femme et à mes enfants,

À Ingrid D,

À Émilie L D, Manon C et Caroline J,

À Xavier G, Pierre D,

À Stéphane R, Assane G.

Carl Rodrigues

Table des matières